Jan Turovski

Madame Bourgin

Roman

edition andiamo

Bibliografische Information der Deutschen Nationalbibliothek:
Die Deutsche Nationalbibliothek verzeichnet diese Publikation in der
Deutschen Nationalbibliografie; detaillierte bibliografische Daten
sind im Internet über www.dnb.de abrufbar.

Originalausgabe.

© 2018

edition andiamo Klaus Servene (Hg.), Hamburg.

Lektorat und Gestaltung: Klaus Servene.

Umschlag-Fotografik: Jan Turovski.

Herstellung und Verlag: BoD – Books on Demand, Norderstedt.

ISBN: 978-3-748112-46-4

Printed in Germany

Madame Bourgin
ist ein Roman, eine erfundene Geschichte.
Jede Ähnlichkeit mit lebenden oder verstorbenen
Personen wäre daher rein zufällig.

Jan Turovski

Glück liegt nur in dem Bewusstsein, das wir von ihm haben, und keineswegs darin, wie die Zukunft ihr Versprechen hält.

George Sand
1804 - 1876
Eigentlich: Amantine Aurore Lucile Dupin de Francueil

nicht den mohn nicht
den zug nicht die

steine nicht den stau

nicht die lieder nicht

das adrenalin nicht die

wellen nicht das schweigen

nicht den sturm nicht

ein quentchen reicher wenn
es anders wird

sehsucht

Darina Schneider
(aus dem Gedichtband *Sehsucht*)

1.

Von Nanterre hatte ich bisher so gut wie nichts gehört. Habe mich nie besonders für Geographie interessiert, schon eher für die Geographie des weiblichen Körpers. Nanterre. Universität, westlicher Vorort von Paris. Das schon. Erstes Aufbegehren der Studenten. Das Radio brachte etwas Ende März. Ich ahnte nicht, dass ich ein paar Wochen später in dem Haus an der Place du Panthéon mit der zärtlichen Marie-France im Aufzug stecken bleiben würde, der sich lange nicht mehr bewegen ließ. Wir beide wurden an jenem Maitag eher in Vorlesungen vermutet. Stattdessen hämmerte man verzweifelt tief unten im Bediensteten-Treppenhaus an der Fahrstuhltür. Wir hörten zusätzlich den Lärm vom beängstigenden Aufruhr, der von den Barrikaden auf der nahen Rue Gay-Lussac durch die offenen Oberlichter zu uns hereindrang. Freitag.

Da musste man sich trösten und vielleicht würde der Hausmeister, der dort unten vermutlich die Fahrstuhltür malträtierte, doch noch über einen anderen Weg türmen vor lauter Angst und wir wären hier gänzlich vergessen. Noch einmal hemmungslos lieben in diesem Chaos. Das war es. Marie-France träumte ähnlich wie ich und wir sanken und sanken und ich vergaß den Tumult da draußen, fühlte nur den innen in mir, ihre herrlichen, kleinen Brüste wippten und ihr Po klebte an der Aufzugwand. Der Lärm riss nicht ab, wir ergaben uns in dieses Liebesschicksal. Verhütungsmittel waren bis zum Jahr davor, 1967, in Frankreich verboten gewesen. Wir konnten nicht aufhören. Das Chaos draußen wurde unter dem heftigen Stöhnen der leidenschaftlichen Marie-France und meiner aufrührerischen, hormonellen Abwesenheit vom Alltag zum sanften Gemurmel, gefahrlos, eine Musik eben, die die Erkundung der Liebe und des Körpers begleitete. Dagegen nahm sich das über die Dächer schwappende Geschrei bedrohlich aus.

Wir kamen nach zwei Stunden erschöpft und in Schweiß gebadet zu uns. Marie France musste dringend zur Toilette, da blieb keine andere Wahl, als dass sie sich auf meinen groben Wollpullover hinhockte und dieser ihre Erleichterung fast vollständig aufnahm. Es gab nicht einmal eine kleine Rückzugsecke, der Bedienstetenaufzug war ein Oval mit Milchglas im oberen Drittel, in der Mitte einer fünfstöckigen Wendeltreppe. Später, nachdem der Aufzug sich unangekündigt mit einem dumpfen *Rumms* wieder in Bewegung setzte und nach mehreren nach Marie-France duftenden Wäschen, habe ich den Pulli immer wieder gern getragen. Bei kommenden Ereignissen schien er mich zu schützen. Marie-France, die verbotene Frucht.

Noch war es aber Anfang März. Madame Bourgin hatte geglaubt, es würde sich niemand auf ihre Anzeige melden. Sie hatte nicht wissen können, in welch misslicher Lage ich mich befinde. Da ich mich trotzdem rar anstelle, werden wir uns bald einig. Ich finde mich also täglich, außer donnerstags, samstags und sonntags, am Nachmittag in der Rue Madame ein. Das ist nicht allzu weit. Die Töchter bei den Schularbeiten beaufsichtigen, englische Konversation, vermutlich kein harter Job.

Ich warte im Salon. Sie haben tatsächlich ein Hausmädchen, eine *bonne*. Vollbusig, blass, adrett in weißer Schürze; die Schürze vermutlich nur wegen mir. Sie hat mich hereingeführt, sieht aus, als könne man sich auf sie einlassen. Ansonsten Krimskrams, sorgfältig arrangierte Möbel, frisierte Fransen des großen Teppichs, gelangweilte Fauteuils.

Madame Bourgin erscheint, nachdem ich ein wenig gewartet habe. Sicher hätte sie auch früher kommen können. Der Anschein einer auf Form bedachten Frau. Durch eine rückwärtig im Raum gelegene Tapetentür tritt sie ein, grüßt unhörbar, weist mit dem Kopf auf den nächstbesten Sessel. Ich wechsle den Platz.

Etwas fällt zu Boden. Rasch beugt sie sich selbst hinab, verharrt auf halbem Weg. Sie spielt die Rolle schlecht. Ich greife nach dem Gegenstand. Auf dem Parkett treffen sich unsere Hände. Sie lächelt vollendet. Ist sie aus dem Neunzehnten Jahrhundert? Einem impressionistischen Bild entstiegen? Wir erheben uns kurz, setzen uns erneut. Ihr wadenlanges Kleid fällt nachträglich sanft zur Seite.

An der Art, wie sie über das Honorar verhandelt erkenne ich, dass ihr Wort im Hause wenig gilt. Monsieur Bourgin hat ihr die Summe vorgeschrieben. Wir sind einig.

Mein Mann kommt erst gegen Abend, sagt sie zögernd.

Sie macht den Eindruck einer ursprünglich lebensfrohen, in ihren vagen Träumen etwas unterdrückten Frau. Entschlossenes Zusammenlegen der Hände.

Meine Töchter sind umgänglich, sagt sie.

Wir werden sehen, sage ich.

Vielleicht kommen Sie gegen 20:30 Uhr zum Essen, schlägt sie vor.

Nach diesem Satz leuchten ihre Augen in einer Weise, als habe sie diese Idee bei ihrem Mann durchgesetzt.

Wir haben uns entschlossen, – kleine Pause, verheißungsvolles Schließen der Augen – , dass Sie an den Tagen, an denen Sie hier sind, mit uns zu Abend essen – natürlich nur wenn Sie möchten. Danach sind Sie dann frei ...

Die Überraschung ist gelungen. Ich bin gerührt. Bei dem Wort *Abend* hat sie die Augen wieder geöffnet. Mir ist nicht klar, welche Farbe sie haben.

Ich gehe. Auf den Straßen drängen Menschen. Hinter hastenden Autos fallen auf der Place Edmond Rostand kleine Fontänen sorglos in ihr Becken zurück. Einbiegen in die Rue Le Goff. In der Rue Malebranche an das Buch denken, das ich morgen kaufen werde. Am Panthéon vorbei. Hinab die Rue Valette, in deren oberen Hälfte, der Gebäude wegen, man ausschließlich ans studieren denken muss. Früher hieß sie Rue des Sept Voies, Straße der sieben Wege, hier aber erscheint sie an gewissen Tagen auswegslos.

Madame Bourgin. Das Hausmädchen. Die Töchter habe ich nur kurz gesehen. Handzeichen. Welches Buch war es noch? Andere Frauengesichter ausgraben. Vergleichen. Bis zum Abend sind es noch Stunden. Ich werde lernen, nichts essen. Aber mit leerem Magen lerne ich schlecht. Auslagen. Küchengerüche. Eine klar erzählende Stirn geht vorüber. Unverstellte Zärtlichkeit scheint möglich. Kurz folgen bis die Person unsichtbar wird. Zur Not schnell ein mittelgroßes Sandwich, Jambon/Fromage.

Bei mir wohnt seit gut zwei Wochen Véronique. Die Kühle mit dem Dutt. Fand kein Zimmer von heute auf Morgen. Trotzdem, wie konnte ich sie aufnehmen? Ich habe ihr gesagt, das sei nicht von Dauer. Im Haus gegenüber wird bald etwas frei. Sie arbeitet am linken Ende des Tisches. Aufblicken. Nicken. Ein Niemandsland aus Worten und Gedanken. Sie fährt heute zu ihrer Tante nach Caen. Sie bleibt drei Tage. Die kleine Freiheit überwächst mich dürftig. Wir reden kurz. Unsere Worte sind stillgelegte Strecken. Vielleicht will sie dass ich Irrtümer begehe. Aber welches Recht hat sie auf meine Irrtümer? Ich kenne sie aus einem Kurs.

Gestern Abend hatte mir Madame Bourgin selbst geöffnet. Sie führte mich ins Speisezimmer. Ein Kristallleuchter, der zu niedrig hängt. Scharfe Helligkeit. In der Mitte der Decke Spuren eines entfernten Stuckdetails. Im Gläserschrank, links neben der Tür, staubfreie Lücken. Heute wird nicht das übliche Geschirr benutzt. Bei meinem Eintritt erheben sich Madeleine, etwas blasiert, und Christiane, eher hemmungslos, nur recht widerwillig. Zwölf- und fünfzehnjährig. Gleich gekleidet, bis auf die Söckchen. Unentschlossene Proportionen. Auf ihre spontane Frage, ob ich *Johnny Hallyday** liebe, antworte ich ausweichend. Ich kenne den Mann nicht. Die gleiche geringschätzende Enttäuschung, sogar Fassungslosigkeit. Sie haben mir nichts mehr zu sagen.

Schnell, mit großem Eifer, sagt Madame Bourgin: Sie sind noch Kinder. Ich habe sie für Wertvolleres zu interessieren versucht, aber in diesem Alter. *La génération perdue* läuft ununterbrochen. Ausgerechnet.

Jetzt ist die Luft ganz raus.

Sie neigt den Kopf nachsichtig.

Sie schleppt uns in die *Salle Pleyel**, oder so was, murmelt Madeleine ins Nichts, sie lächelt vieldeutig.

Was man am Wochenende aufbaut, fährt Madame Bourgin fort, machen ab Montag gewisse Mitschüler wieder zunichte. Und da tut sich einiges. Das Frankreich, das wir kannten, gibt es anscheinend nicht mehr.

Unangenehme Pause.

Vielleicht vermögen Sie ja mehr!

Nachdem Monsieur Bourgin eingetreten ist, setzen wir uns zu Tisch. Madame Bourgin ist etwa Ende dreißig. Monsieur Bourgin könnte Ende fünfzig sein. Sie bewegt eine verschwenderische Figur, aber sie zieht die Blicke nicht unmittelbar auf sich. Ihre Augen liegen unschuldig zurück. Das Haar hat die Farbe herabgefallener Kastanien. Monsieur Bourgin trägt grausträhniges Haar. Sein Gesicht scheint erst unterhalb wuchtiger Brauen zu beginnen. Er hat ländlich-rötliche Wangen; in den Augenwinkeln verbirgt sich ein lange eingetrockneter, heiterer Zug. Doch den glaubt man nicht, wenn man den scharf gezeichneten Mund und die kurzen Hände betrachtet. Er atmet beschwerlich. Seine Hand zittert, wenn er das Glas zum Mund führt. Die Mahlzeit verläuft eher schweigsam. Meine Anwesenheit hat vermutlich nichts damit zu tun. Ich fühle mich nur mäßig wohl.

Mahlzeiten, bei denen Viele Stunden verbringen, bestimmen in diesem Land noch immer den Tagesablauf.

Tief über den Teller gebeugt, genießt Monsieur sein Essen. Das mit feinen Äderchen übersäte Gesicht trägt er mit Ernst über der Serviette. Die hat er mit einer silbernen Klammer am Revers festgesteckt, was ihm – ausgerechnet heute – ein zaghaftes Kopfschütteln seiner Frau einträgt. Hin und wieder streifen mich abschätzende Blicke der Töchter. Vielleicht sehe ich ja gut aus, bin aber, grundsätzlich, mit zweiundzwanzig, uralt. Ihre Oberkörper richten sich auf. Da versuchen sich Zeichen von Weiblichkeit. Den fatalen Ausspruch ihrer Mutter, sie seien noch Kinder, wollen sie Lügen strafen. Auf den schmalen Hälsen winden sich mittelblonde Locken im Licht.

Madeleine ermüdet bald. Christiane demonstriert, dass sie keineswegs ein Kind sei. Sie legt sporadisch eine Falte zwischen die Augenbrauen. Die zittert, weil sie nicht dorthin gehört. Da niemand spricht, mache ich eine höfliche Bemerkung über das Essen. Madame Bourgins Augen bekommen Glanz. Offenbar kocht sie selbst und niemand sonst lobt sie. Monsieur Bourgin verhält sich auffällig still. Schweißperlen stehen auf seiner Stirn. Die Töchter schmollen noch. Beiläufig reichen sie auf das Nicken ihrer Mutter hin die Sèvres-Schüsseln an.

Die Unterhaltung bewegt sich jetzt zwischen Madame Bourgin und mir. Sie belohnt mich mit Kostproben ihres Lächelns. Eigentlich ist sie ziemlich anziehend, vielleicht ein wenig träge. Mein Gedanke verweilt etwas zu lange auf ihrem Gesicht. Sie hat es bemerkt, geht mit zufrieden pflichtbewusster, leicht erstaunter Art darüber hinweg. Sie lässt mich wissen, dass sie es bemerkt hat. Zugleich legt sie eine winzige Warnung in ihren Blick. Das muss so sein.

Während des Desserts wird Monsieur Bourgin ans Telefon gerufen. Er verabschiedet sich schnell. Er jedenfalls glaubt, dass wir uns prächtig verstünden. Ich weiß nicht, wie er zu diesem übereilten Schluss kommt. Wir haben schließlich so gut wie kein Wort miteinander geredet.

Er ist immer sehr beschäftigt, sagt Madame Bourgin, als er gegangen ist, ich mache mir Sorgen um sein Herz.

Nach dem Essen führt sie mich in den grauroten Salon, wo wir uns eine Weile im Beisein der Töchter unterhalten. Dies und das. Wenig später verabschiede ich mich. Ich durchquere den Luxembourg-Park, in dem das Frühjahr auf der Kippe steht.

2.

Ich habe es mir in dem breiten Stuhl mit der verstellbaren Rückenlehne bequem gemacht. Das Fenster, das bis zum Boden reicht, ist weit geöffnet. Es gibt hohe, schmale Häuser, deren Bedeutung mir nicht klar ist. Auf der Treppe war ich Monsieur Valentin begegnet, der unter mir wohnt. Guten Tag, murmelt er immer, bleibt stehen ohne mich anzusehen, die unförmigen Schuhe nervös auf dem Treppenabsatz scharrend.

Glauben Sie, fragt er mich, dass ich meine Frau zurückhalten soll? Hat mir gesagt, dass sie mich nicht mehr erträgt. Aber ich bin es doch, der sie ertragen muss, Monsieur.

Meine Beine sind schwer vor kurzer Wortlosigkeit. Ich muss, zugegeben, an ganz etwas anderes denken.

Morgens, wenn sie mich am Waschtisch sieht, beim Rasieren beobachtet ... wenn sie denkt, dass es immer so weiter geht ...

Ich sage ihm, dass ich ihm in der Angelegenheit zu nichts raten könne, das müsse er selbst entscheiden. Jeder Rat könne auch das Gegenteil von dem bewirken, was er jetzt brauche. Allein zu leben sei jedenfalls manchmal nicht schlecht.

Sie hasst das Zimmer, Monsieur, aber wohin will sie? Das Schlafen hasst sie, das Aufstehen, die Zimmerdecke, den Blick aus dem Fenster. Sie hasst mich wenn ich spreche, hasst mich wenn ich schweige, so sagen Sie doch Monsieur …!

Aus der Umarmung seiner Worte löse ich mich vorsichtig, Stufe für Stufe, bis die Worte wie glatte Fäden nicht mehr haften können. Er hebt noch einmal sein Gesicht mit dem zu großen Schnurrbart. Seine Augen sind irgendwie entleert. Dennoch hören sie nicht auf sich weiter zu leeren. Unvermittelt wendet er sich um, den Kopf schüttelnd, den Körper vorgebeugt. Seine linke Hand stützt sich aufs Geländer, liebkost es. Den ganzen Weg abwärts spricht der Mann unverständliche Worte.

Ein ausgedachtes Leben ist so gut wie ein echtes Leben, sage ich mir und hoffe mir das Lachen zu erhalten angesichts tragischer oder komödiantischer Umstände, die mir immer wieder begegnen.

Die Häuser gegenüber meinem Fenster haben sich von der zweiten Etage an gefährlich nach hinten gelehnt. Der Schmutz der Fassaden gibt Fetzen verblichener Schriften frei. Trübes Nachmittagslicht spielt mit zerbrochenen Jalousien. Ich werde lernen müssen. Oder ich könnte in dem Kriegsroman weiterlesen. Nicht, dass Krieg mich besonders interessiert. Aber ich lese Bücher in der Regel zu Ende. Es ist eines der Bücher, die in diesem Zimmer vom Vorgänger stehen geblieben sind. Die lakonisch-poetische Art der Texte gefällt mir. Doch was da eigentlich tatsächlich passiert, berührt mich kaum:

'Fünf Uhr morgens. Durch schmale Luken entlassen in Rauch gehüllte Waggonreihen Gruppen uniformierter Männer.

Wie matt der Schnee ist. Wie er sich in langen Atemzügen gegen den Horizont flüchtet. Lagern auf freiem Feld. Es ist kalt. Graues Steppengras empfängt Frühlicht in zierlichen Tuschestrichen. Nach tagelangen Fahrten, dem Schweiß, der Enge, den wahnsinnigen Lauten der Schwellen, ist diese Stille laut. Feuerstellen haben schreckliche Muster in den Schnee gefressen. Das Kommando. Das Zurückwanken. Die Stimmen der Räder. In schmalen Schlitzen die erste zerstörte Brücke. Links kauert zerschossen ein Dorf. In den Ruinen kein Laut.

Die Fenster des Quartiers sind mit Pappe abgedichtet. Eine Aussaat großer Granatlöcher drängt ums Haus. Einige Männer sind heiter, wachsen in jedem Boden, haben den Vorrat pauschaler Bilder, die sich überall aufhängen lassen. Der Schnee ist verschwunden. Früh drohen versumpfte Fischteiche. Gegen Mittag wird das Bataillon in den Wald südöstlich von K. verlegt, tags darauf ein neuer Unterstand bezogen. Schnell errichtet, vermittelt er die Faszination des Behelfs. Unerwartet entwickelt die feindliche Artillerie lebhafte Tätigkeit. Ein mit vier Mann besetzter Unterstand wird in der rückwärtigen Wand getroffen. Zwei Männer trifft ein lautloser Tod.

Es regnet. An freien Stellen verwandelt sich der Boden in zähe Massen. Man holt die Leichen aus den Gräben. Sie zeigen in Erstarrung die plötzliche Erfahrung unbekannter Schmerzen, ein trostloses Erstaunen.'

Noch zwei Stunden bis zu einem erneuten Essen bei den Bourgins. Mein Magen knurrt. Lärm dringt aus der Kneipe gegenüber. Qualm, Gerüche, – Marktleute sitzen da, Gelegenheitsarbeiter, einsame, ältere Frauen aus der Nachbarschaft. Hin und wieder ragt ein Streit von dort steil in mein Zimmer:

Schau dich doch an, alles was du bist, hab ich aus dir gemacht, bist mein Werk, ja, mein Werk.

Manchmal gehe ich hinüber zum Telefonieren. Immer wieder

ist die Leitung der Nebenstelle auf meinem Flur tot. – Unmittelbar mir gegenüber sitzt drüben auf einem ungemachten Bett ein Mann. Zwischen uns die schmale Straße. Unter seiner Jacke kräuselt sich die unordentliche, graue Weste. Er raucht. Unter tief herabgezogener Kappe ist kein Gesicht zu erkennen. Er stiert ins Zimmer, das keine Farbe verrät. Seine Hände stecken in Handschuhen. Sie reichen bis in die Ärmel seiner Jacke. Er sitzt zusammengesackt, als sei ihm jede Berührung mit Anderen verboten.

Ich stehe auf, hole eine Zigarette, lehne mich an die Eisenstange, die vorm Absturz schützt. Weit unten pocht das Leben. Stolz, den rechten Fuß auf seine Karre gestellt, den schlaffen Bauch auf dem Oberschenkel wiegend, die Augen auf die Straßenmitte gerichtet, den Männern abgewandt, die hinter ihm scherzen, missmutig die feuchte Zigarre lutschend, wartet der Obstverkäufer auf Frauen mit großen Einkaufstaschen. Unter ungekämmtem Haar glänzt seine Haut ölig. Durch schwarze Zahnstummel spuckt er hin und wieder bräunlichen Saft in den Rinnstein. Sein Blick wandert in unverändertem Rhythmus die Häuserfronten entlang. Der Mann schweigt. Die Männer, in den Schutz der Kneipe gedrückt, lachen unisono. Einer löst sich nun aus der Gruppe, stellt den Fuß auf das Karrenende, bindet den Schuh zu. Er lädt absichtlich sein ganzes Gewicht dort ab, bis die Karre bedenklich schwankt. Die aufgetürmten Früchte geraten bedrohlich in Bewegung. Eine Zeit lang versucht der feiste Händler die Stöße des anderen zu parieren. Lautes Lachen der Männer. Landsleute? Nordafrikaner?

Plötzlich nimmt der Provokateur den Fuß fort. Das Eisen schlägt auf. Fluchend stellt der Dicke die Harmonie der Obstpyramiden wieder her. Er darf hier nicht stehen. Die Männer wissen das. Nur mobil ist er sicher. Ein zweiter Mann nähert sich. Jetzt verheddert sich der Händler in seinen weiten Hosenbeinen. Ein Aufschlag reißt ab. Hose und Jacke müssen zu völlig verschiedenen Anzügen gehört haben. Sie schimmern immerhin grünlich solidarisch. Unter dem Kinn lugt der schmutzige Rand des Unterhemdes hervor. Der Dicke verhält sich noch ruhig. Aus seinem Schnurrbart rinnt Schweiß. Seine flinken Augen registrieren jede Veränderung. Seine Lippen bewegen sich schweigend. Als einer der Männer sich erneut verdächtig macht, kommt Bewegung in ihn. Er geht auf die Gruppe zu, macht ihr in einem Aufschrei seiner Hände klar, dass das Unternehmen kippen könne, überhäuft sie mit arabischen Schimpfworten, die sie gelassen hinnehmen.

Während er noch dasteht, stiehlt einer der Männer sich davon, beginnt die Obstsorten mit starkem Daumendruck zu prüfen, bis Saft herausspringt. Als der Dicke dies gewahr wird, beginnt ein wahrer Tanz. Jeder nimmt sich wahllos etwas, gibt lauthals sein Gutachten ab. Der Obsthändler verfolgt sie mühsam, gerät außer Atem. Als er sich in der Steigerung des Tumultes nicht mehr fähig fühlt den Männern entgegen zu treten, stützt er sich erschöpft auf das falsche Ende der Karre. Die gesamte Ladung rutscht auf die Straße. Unbeschreibliches Gelächter folgt. Dann betretene Stille. Die Kneipe leert sich. Betrunkene stehen um das Unglück herum. Mutlos beginnt der Dicke den Aufbau, akzeptiert fluchend die Hilfe seiner Peiniger. Als beinahe alles aufgeladen ist, packt er schnell sein mobiles Geschäft bei den Griffen und schiebt es davon.

Ich habe wieder nichts geschafft. Und das obwohl Véronique nicht da ist. Ich werde noch ein paar Seiten fürs Studium lesen. Wenn Nachbarn zu laut sind öffne ich die Tür weit und lege den 3. Satz aus Tschaikowskis Pathétique auf. Diese rastlose Musik mit Marschmotiven und energischen Wiederholungen bringt sie zur Verzweiflung und sie versprechen leise zu sein. Zu den Bourgins gehe ich zwanzig Minuten. Das Zimmer misst vier mal drei Meter. Ein Bett, ein Schrank, ein Rohrtisch, ein Rohrstuhl, das Waschbecken, der breite Stuhl am Fenster. – Das Buch hat Eselsohren. Das Papier ist gelblich. Noch eins von diesen, deren Seiten man oben erst aufschneiden muss. Es wurde unordentlich aufgeschnitten. Es gibt Kaffeeflecken, eine ungültige Metrokarte als Lesezeichen und zwischen Umschlag und letzter Seite ein langes, feines Haar.

Seite 39. 'Die neue Nacht bringt unwirksame feindliche Angriffe. Die vierte Kompanie meldet den Verlust eines Mannes, einen Schwer- und zwei Leichtverletzte. Der Feind soll größere Verluste haben. Am Morgen lässt er das Gelände von Sanitätshunden absuchen. Wir gehen vor, überqueren einen Wasserlauf; der Marsch ist in der Undurchsichtigkeit des Geländes schwierig. Kein Licht, volles Gepäck, ein Dorf ist niedergebrannt.'

Ich gehe. Es ist kühl. Ich habe ein legeres Wollsakko über das Hemd gezogen, durchquere den Luxembourg-Park, wo man fast immer von jungen Frauen aufgehalten wird. Ich stelle mir vor, ich führe mit einer von ihnen ans Meer.

Lange quirlende Wege des Wassers im Sand, in dem sich Füße abzeichnen zu kurzen Präsenzen. Wenige Gespräche. Wenn, dann heitere. Auf dem Bett, im Blau des Zimmers, die Gedanken des Anderen erraten. Aus der Ebene das Flechtwerk der Meer- und Landgerüche fühlen. Die Landschaft des anderen Körpers erkunden. Ein Leben führen, das unter diesem besonderen Himmel gefahrlos ist.

Das Essen bei den Bourgins ähnelte dem ersten. Es sollte wohl dazu dienen, das neue Verhältnis vertrauensvoll zu gestalten. Der Verlauf brachte mir keine neuen Erkenntnisse. Morgen komme ich wieder. Montag, der reguläre Anfang.

3.

In der Tiefe des lang gestreckten Zimmers, in dem wir die Hausaufgaben bewältigen, wuchert die wortlose Geschäftigkeit Madame Bourgins. Die Kräuselung ihres Haares siedelt im Licht des Fensters. Hin und wieder finden ihre Augen den langen Tisch. Man hört eilige Füller. Madeleine hat ihren Kopf auf die linke Hand gestützt. Draußen glänzt der Nachmittag. Autos fahren vorüber, begehren auf. Dann ist es wieder still. Ich spüre den nahen Luxembourg-Park. Stimmen. Stühle in der Sonne, Bücher in der Hand, Begegnungen, das kreisrunde Wasserbecken, in dem zahlreiche Kinder ihre gemieteten Schiffe schwimmen lassen und mit Stöckchen anschieben. Manche bringen heimlich Kanonenboote oder Passagierdampfer mit, die man fernlenken kann, bis der diensthabende Polizist eingreift. Nur die Segler die man mieten kann, fast alle gleich, sind erlaubt. Sonntags träumen Väter den Bahnen dieser Schiffe nach, die eine keilförmige, mit kleinen Wellen verzierte Wunschwelt hinter sich lassen.

Christiane hat ihre Hand auf meinen Arm gelegt. Dabei sieht sie mich nicht an, sondern fixiert stoisch ihre Schwester. Ihre Aufmerksamkeit gilt im Übrigen jeder Veränderung am Ende des Zimmers. Jetzt drückt sie meine Hand, wobei sie ihre Nase kokett kräuselt. Das kann ja wohl nicht wahr sein. Ein paar Autos fahren vorüber. Der Nachmittag verstreut seine Helligkeit. Mein Körper ist sprachlos.

Der Blackout ist vorüber. Hin und wieder sieht Madame Bourgin herüber. Ich ruhe mich auf ihren Zügen aus, die keiner besonderen Neigung gehören. Der leicht bronzene Teint glänzt. Sie wendet sich ab, ihre Augen gehen unruhig auf ihrer Arbeit hin und her. Christiane wiederholt ihr Manöver. Früh genug bemerke ich Madame Bourgins erstaunten Blick, schiebe die Hand entschieden zurück. Wenig später erhebt Madame sich mit einem großen Durchatmen – auch das noch – empfiehlt heiter eine Pause. Ein kleiner Imbiss. Ohne zu überlegen biete ich meine Hilfe an. Doch entschlossen, ihrer Tochter eine Lektion zu erteilen, verlässt sie mit Christiane süßlich lächelnd den Raum.

An den folgenden Tagen befinden sich die Mädchen schon über ihren Heften, wenn ich das Zimmer betrete. Madeleine sitzt nun auf meinem Platz. Rechts am Kopfende entdecke ich meine Unterlagen. Diese Veränderungen werden, bis sie Gewohnheit sind, mit zufriedenem Lächeln von Madame Bourgin registriert. Wir lesen Passagen aus einem literarischen Text. Madame Bourgin vernachlässigt plötzlich ihre Beschäftigung. Ihre Gefühle für die Literatur scheinen vage bewundernd. Sie sieht Wetterleuchten, weiß aber nichts von der Leidenschaft gehetzter Wolken. Überhaupt hat sie wohl nach ihrer Heirat in der Provinz aufgehört, mit besonderer Genauigkeit auf bestimmte Neigungen zu achten. Das hinterlässt einen schwermütigen Zug. Madame Bourgin ist in Maßen begehrenswert.

Véronique ist zurückgekommen. In ihren Augen lagert Müdigkeit. Schnell wäscht sie sich. Das Zimmer wird still von ihrem Schlaf. Wenn man mit einer Frau lebt, die man nicht liebt, und sei es nur kurz, hat man Schuldgefühle, auch wenn man ihr ein Obdach gibt. Ich setze mich an den Tisch, dämpfe die Lampe mit einem Tuch. Draußen beginnt die Nacht. Und diese Nacht trennt, obwohl sie unwichtige Dinge auslöscht. Aber von was trennt sie mich? Später versuche ich im Sessel zu schlafen.

Ich habe das Fenster leicht geöffnet. Nachtkühle fließt herein. Eine Schar Regenwolken zieht vorbei, hinterlässt auf Kaminen trotzige Spuren. Ich habe die Lampe ausgeschaltet, das Tuch entfernt. Vorm Spiegel wird der Umriss meines Gesichtes erkennbar. Véroniques Atem lebt im Raum. Ich will an eine der jungen Frauen aus dem Jardin du Luxembourg denken. Ich fühle ihr fremdes Haar im Gesicht, ihre ungesagten Worte auf der Haut. Unten gehen letzte Paare. Doppelschatten an den Wänden. Ich kann nicht schlafen. Ich nehme das Buch:

'Die Orte K. und S. werden genommen. Am Nachmittag greift der Feind den Brückenbau der Pioniere an. Die Geschosse schlagen dicht neben einem Munitionslager ein.'

Ich lege das Buch fort, denke an eine der unbekannten, jungen Frauen da draußen. Gehe mit ihr durch die nächtliche Stadt. Die ist still wie der Fluss unter den Brücken. Das Schweigen ist ein großes Buch. Ich entdecke unterhalb ihres Mundes eine verborgene Heiterkeit. Ich kenne sie nicht. Noch einmal das Buch.

Seite 60: 'Vormittags schlagen Geschosse ins ruhende Bataillon. Die dritte und vierte Kompanie melden vier Tote und acht Verwundete. Wir stoßen weiter vor. Ein kleiner Wagen wird requiriert. Durch anhaltenden Regen ist das Gelände fast unpassierbar. Mit Pferden aus einem nahen Gehöft versuchen wir unbewegliche Dinge aus dem Schlamm zu ziehen. Der Vormarsch erfolgt bis einige Kilometer vor N. Der Ort wankt wie ein gewaltiger Strauß brennender Blüten.'

Im abgewetzten Sessel schlafe ich ein. Durch die Gardine am Ende des Zimmers wirkt die Sammlung der Höfe endlos. Oben die Schritte des Behinderten. Mitten in der Nacht. Eine oft gehörte, unentschlüsselte Sprache. Véronique atmet tief. Ich möchte dass auch sie Schuldgefühle hat.

Bräunlich erhebt sich am Morgen die Stadt. Tränkt ihre graue Haut mit Geräuschen und altgoldenen Sonnenflecken. Sie braucht keinen Spiegel, muss sich niemals bestätigen, wird älter und jünger, grausamer und heiterer. Mit jedem Morgen hat sie ihre Jugend zurückerlangt. Ich greife zum Rohrtisch hinüber, nehme einen Schmierzettel von der roten Platte, schreibe: Das Vergängliche wird nicht dadurch, dass es vergänglich ist, weniger wert. Im Gegenteil. Das Vergängliche verlässt uns um die Tür zu neuen Räumen zu öffnen, zu frei im Wind hängenden Balkonen, auf denen Unerwartetes geschieht. Das Vergängliche wandert in einen imaginären Ordner, der tief unter uns weiterwebt. Ich lege den Zettel ab. Das, was ich aufschrieb, kann nicht verloren gehen, selbst wenn ich den Zettel nicht wiederfinde.

Monsieur Bourgins Gesundheitszustand hat sich zuletzt zunehmend verschlechtert. Der verschwenderische Körper Madames wird die vermutliche Unfähigkeit ihres Mannes schwer ertragen. Ihre Lippen zeigen kleine Hinweise von Unzufriedenheit. Seltsame Gereiztheit lagert in ihrem Gesicht. Jetzt, wo die Kinder aus dem Gröbsten heraus sind, sie selbst noch jung genug, altert ihr Mann dahin. Das ist mehr als ungerecht.

Eines Abends, der Arzt ist gerade bei Monsieur Bourgin und dessen Kompagnon, begleitet Madame mich zur Tür. Als sie zur Messingkette hinabgreift, ist da ganz unerwartet ihr Hals. Ich berühre ihn mit dem Mund. Eigentlich wollte ich es gar nicht. Man liest das in den Büchern und genauso habe ich es gemacht. Regloses Verharren. Ihr Mund erscheint jetzt ganz schwarz im Türglas, leicht geöffnet.

Sie müssen gehen, sagt sie.

Vor den hinteren Zimmern, die Hand festgesaugt auf einer der Klinken, erkenne ich vage die Umrisse Christianes, neben denen des Hausmädchens und die beiden unbeweglichen Gesichter.

Ich durchquere den Luxembourg-Park, dessen strenge Regeln ich schätze. Man fühlt sich wie im Inneren eines klassischen Romans. Ein Vergnügen. Doch überall in den Bäumen flirren jetzt die heftig spiegelnden Bergriffe wie Arbeitslosigkeit, Materialismus, Technokratie, Demokratisierung der Hochschulen. Die Luft ist voll davon. Klar, die französische Gesellschaft braucht einen radikalen Neuanfang. An der Ecke der Rue Royer Collard kaufe ich ein Baguette, obwohl ich gerade gegessen habe. Ich verzehre es gierig im Gehen. Gegenüber dem Hotel Elysa-Luxembourg setze ich mich zu einem Espresso. Noch wenige Minuten.

Im Postfach beim Patron finde ich den Monatsbrief meiner Eltern mit dem Scheck und ein paar Ermahnungen. Den Weg zum Crédit Lyonnais, Ecke Boulevard Saint-Germain, gehe ich übermorgen. Ich treibe den besonderen Sport, mich noch über drei Tage und das Wochenende zu retten. Es ist spannend mit nichts als der Morgenkühle aufzustehen und doch abends zufrieden ins Bett zu gehen.

Monsieur Valentin hat uns eingeladen. Mich und Véronique. Es gibt einen Punkt, an dem man Herausforderungen nicht mehr entgeht. In diesem Fall bin ich froh dass sie mitkommt. Außerdem studiert Véronique zusätzlich Soziologie. Ihr erscheint diese Studie interessant, sie bedankt sich bei mir im Voraus.

In den Zimmerecken beben Spinnennetze. Um das vergraute Waschbecken haben sich auf einem algerischen Baumwollteppich Wasserkränze gebildet. Haben die Farben verdünnt und zerfressen und bis zur Mitte des faden Zimmers zackige Ringe getrieben. Wir sitzen auf dem zugeworfenen Bett. Kein einziges Buch. Unter uns Decken ohne Leidenschaft. Wir sitzen in Gefühlen, die sich in dem Gefäß des Zimmers wie eisige Flüssigkeiten bewegen.

Monsieur Valentin macht Wasser heiß. Dabei produziert er helle, hohle Geräusche. Irgendwo verkümmert Cous-Cous. Seine Frau sitzt ausdruckslos in einem zersessenen Rohrstuhl. Mit der großen, rechten Zehe versetzt sie ihn in wippende Rhythmen und raucht. Dabei betrachtet sie Véronique grinsend. Die schlechte Zigarre steckt in einer am unteren Ende zerbrochenen, gelblichen Spitze. Asche fällt. Ich stehe auf. Madame Valentin streckt ihre schwammige Hand aus. Dunkle Flecken bewegen sich schwimmend darauf. Sie schreit unartikuliert in die Richtung, in der Monsieur Valentin zwischen Bergen ungesäuberten Geschirrs und dumpfer Gerüche hantiert. Er hat etwas von der schlechten Kopie eines Legionärs, den man in der Wüste vergessen hat. Auch er beginnt zu schreien. Dazu hat er unsere Anwesenheit gebraucht. Ich habe ihn noch nie schreien hören. Das Auflodern, das ihn nur scheinbar verjüngt, wird ihn bald völlig verbrennen.

Seine Frau trinkt unaufhörlich aus einer schmutzigen Flasche. Ich versuche einige Male den Raum mit Véronique zu verlassen. Jedes Mal trifft mich ein heller Schrei. Des Mannes Hände schlottern unkontrolliert. Unruhig sucht er meine Augen.

Lassen Sie sie um Himmels Willen gehen, sage ich leise vor dem Spiegelfragment.

Als ich mich umwende sehe ich, dass Madame Valentin Véroniques Arm auf widerwärtige Weise streichelt. Véronique sitzt reglos. Ich fixiere das mumifizierte Gesicht. Véronique erwacht aus Ekel und Furcht. Ihr Dutt verrutscht. Sie hat von soziologischen Studien vor Ort vorerst die Nase voll. Auf dem Treppenabsatz bricht sie in Tränen aus. Am Abend werde ich sie wohl trösten müssen.

4.

Samstag. Keine Vorlesungen. Aber die Dinge sind in Aufruhr. Véronique belohnt mich mit einem Frühstück im Bett. Ich, der oft im Stehen frühstückt, muss erst damit heimisch werden. Danach lesen wir beide. Später will sie angeblich zu einer Freundin nach Saint-Germain-en-Laye.

Seite 65: 'Ich weiß nichts von Wegen die zurückführen, kenne keine Horizonte hinter denen sich Straßencafés befinden. In denen man Zeit vertut, Bücher ersinnt, den Vorübergehenden nachschaut, den jungen Frauen, im Frühjahr bedeckt mit Schmetterlingen und gleichgültiger Verachtung.
Die Luft ist trocken, verursacht schmerzhafte Gefühle im Hals. Bei P. fällt Regen. Zwei Tage später beginnt unsere Artillerie mit der Beschießung feindlicher Stellungen, feuert bis in die Nacht.'

Ich habe einen neuen Job angenommen, kann nur an gewissen Tagen, zu gewissen Stunden. An der Place de la Sorbonne bevölkern laute Gesichter die Cafés. Eine schwarze Hose, die mir nicht passt. Eine steife, weiße Jacke, die sich in der Hose spiegelt. Das Hemd, die Fliege. Das Geräusch des Kleingeldes in der verzogenen, linken Seitentasche, von innen mit einem Flicken verstärkt, an dessen Nahtstellen man mit dem Fingernagel hängen bleibt. Die mühsam, fast asthmatisch registrierende Kasse.

Einen Café, Monsieur! Die Karte, Monsieur. Aber wo bleibt mein Rotwein, Monsieur?
Vor den Prüfungen gibt es ganze Distrikte mit langen, höflichen Gesichtern. Der Ton ändert sich.
Könnte ich bitte die Karte haben, Monsieur?
Der Zigarettenabsatz steigt. Wenn ich dem langen Spiegel

über der Theke glaube, an dem ich immer wieder vorübereile, dann bin ich ein Kellner in einem der zahlreichen Bistros des Fünften Arrondissements, in denen ich sonst selbst saß. Lesend, schrei-bend, scheinbar müßig. Manche Studenten die ich kenne erken-nen mich zu Anfang nicht. Ich arbeite von zwölf bis drei. Nach den Vorlesungen, die alle früh liegen. Nachmittags zu den Bour-gins. Meine Tage werden eng. Am Wochenende fallen Touristen ein mit ihrer schwer erträglichen Begeisterung. Wiegen Trink-gelder das Inferno auf? Manchmal helfe ich auch abends noch aus. Das Essen bei den Bourgins entfällt an solchen Tagen.

Das Inferno beginnt um zwölf. Pünktlich. In einem lauten, dunklen Flur, zwischen Küche und Buffet, ziehe ich mich um. Der Gang ist vollgestopft mit Konserven, Abfällen und dem Kichern der Kolleginnen aus der Küchenklappe.

Mir gehen Tendenzen des Romans nach 1945 durch den Kopf, treffen auf andere Tendenzen, verursachen schmerzliche Verlorenheit. Ich räuspere mich öfter als sonst, aber das hilft nichts. Wenn ich in die Hose steige, sehe ich mich zuerst um.

Sie bedienen heute die Tische eins bis sechs, Monsieur, und die da vorn auch. Nun fangen Sie doch an, Monsieur, Ihre Zeit ist ja schon bald wieder um!

Ich sehe nur die weißen Flecken der Gesichter. Angeregt taumelnd, sich vermehrend, auf- und niedergehend. Ich denke an Pilzbefall. Das ganze Café überwuchert, jeder Gegenstand betroffen. An den Türen quellen sie herein, setzen sich fest, scheuen kein Material. Vom Buffet her die Stimme. Ein weißer Fleck, der Chef, dem ich nichts Wesentliches nachtragen kann. Er lebt sich selbst. Wandernd, flächig rund, von links nach rechts. Die Theke das Terrain seines Lebens. Ich habe Hunger. Zwischendurch eine Zigarette, stehend, ein Glas Wein zur Betäubung. Das Essen ist frei, allerdings kommt man nicht dazu.

Immer weniger Züge und Bissen. Am Abend muss ich die Abhandlung *Zeitalter des Argwohns* studieren.

Ich habe große Schwierigkeiten zu behalten, wer was bezahlt hat, wer was bestellt hat. Reklamationen.

Hat der da schon bezahlt, Monsieur?

Der weiße Fleck rast von links nach rechts, landet immer wieder links, wenn er sich beruhigt hat. An manchen Tagen renne ich davon. Um Punkt drei. Ziehe mich nicht um, schnappe meine Sachen, entkomme. Aber ich brauche den Job. Mein Vater hat keine Ahnung vom Preisniveau der Metropole. Sonst weiß er gut Bescheid, über die Wirtschaftsprobleme, die Arbeitslosigkeit, den Rückzug ins Private. Unsere einzige Zuflucht ist der Subjektivismus, sagt er einerseits empfehlend aber auch bedauernd.

Die Uniform Monsieur! Aber was machen Sie denn, Monsieur!?

Mein Zimmer stellt mir viele Fragen. Véronique stellt keine Frage. Sie arbeitet. Sie sieht kurz hoch und lächelt. Das Lächeln heißt: Ich will dich nicht stören, störe mich auch nicht! Bald ist drüben etwas frei. Und es heißt auch: Übrigens, es war schön gestern Abend. Ihr Haar ist offen.

Um den 1. Mai fällt ungewohnte Unruhe auf. Aus dem Dunkel des Bistros scheint die Hektik auf der Place de la Sorbonne andere als die üblichen Ursachen zu haben. Ich bin nicht auf dem Laufenden. Öfter als sonst stehen Studenten abrupt auf. Verunsichert, finster, entschieden. Lassen ganze Tische in Verwunderung zurück, oder Wut. Die Lücken füllen sich mit neuer Skepsis. Ganze Gruppen brechen unverhofft geschlossen auf. Man kann sie nur schwer davon überzeugen, dass sie nicht bezahlt haben. Offenes Erstaunen, Unwillen, schließlich Nachgeben. Der Eingang ist verstopft von Qualm, Geschrei und Diskussionen. Der weiße Fleck hinter dem Buffet ist merkwürdig still. Um kurz nach drei verlasse ich das Bistro. Der Platz, die schmale Straße, übersät mit blauen Kappen. Metallbarrieren.

Kein Durchkommen. Aus dem Hof der Sorbonne eine wütende Rede. Zaghaftes Singen. Namen von Ministern fallen, durch Lautsprecher verzerrt.

Sie kommen hier nicht durch.

Nach unergiebigem Wortwechsel: Abtasten, Papiere, Verwarnung, gute Ratschläge. Ich ziehe mich zurück, reihe mich ein. Die Masse wärmt unangenehm. Tendenzen ...

Da kommt mir eine Idee. Ich arbeite mich langsam zurück zum Bistro. Verschwinde auf der Toilette, ziehe mich um. In einem günstigen Moment entwische ich ungesehen. Als Kellner mit Tablett und Serviette. An der Ecke der gleiche Polizist.

Kannst du uns einen Rotwein bringen, Kollege?

Lachen ringsum, Händereiben.

Ihr kriegt einen umsonst, wenn das hier vorüber ist.

Ich komme durch, arbeite mich vor zur Rue des Écoles, stolpere über einen Filmtitel. Die Metallbarrieren öffnen sich.

Ja, ich arbeite da drüben, es gibt Ärger mit dem Patron, wenn ich nicht pünktlich bin.

Ah, heute ist niemand pünktlich ... kleine Revolution der Studenten.

Ich hangele mich von Bistro zu Bistro, von Restaurant zu Restaurant. Die Straßen im Rausch. Die Rue Valette hinauf, zur Rue Laplace, wo ich in einem schäbigen Studentenhotel wohne. Vorbei an der grünen Eckfassade des Schreibwarenladens. Gelegentlich gehe ich ins Bistro Le Berthoud, weiter unten oder ins Restaurant Perraudin in der Rue Saint-Jacques. Für heute habe ich genug von Restaurants, tauche erschöpft ein in den Flur des Hauses, winke in den Glasausschnitt der Tür.

Post für Sie, Monsieur!

Die sitzen tatsächlich immer noch beim Essen. Die Alte streichelt den Hund als sei er ein Kissen. Auf dem Bett strecke ich mich aus. Aus einem fernen Hof weht das Signal eines teergestrichenen Zaunes herüber, wie ein dörflicher Rest. Im Rauch meiner Zigarette verzerrt sich das Fenster.

5.

Es ist als greife das Buch nach mir, das ich eigentlich gar nicht mehr lesen will.

Seite 74: 'Das Gelände ist still und sumpfig. Um die Mittagszeit wird es warm. Auch der Feind scheint überrascht vom Überfall der neuen Jahreszeit. Auf dem Weg zum schnell errichteten Friedhof finden wir eine flache aus Baumstämmen gezimmerte Behausung, die übereilt verlassen wurde. Drinnen ein großer Raum, in dem primitiver Hausrat und Tuchfetzen vergessen wurden. Jemand zeichnet die Hütte in sein Notizbuch. Die Toten sind schwer.'

Sonntag. Véronique muss über Nacht bei ihrer Freundin geblieben sein. Vielleicht kommt sie sogar erst morgen, fährt direkt von Saint-Germain-en-Laye herein, zu ihren Vorlesungen, wenn die noch stattfinden. Ich gähne, lösche die Lampe, lege das Buch beiseite. Noch ein wenig schlafen. Immer wieder kann ich dem Fenster am frühen Morgen nicht widerstehen. Sonntags ist es wie auf dem Dorf. Still und aussichtslos schön.

Die kurze Straße, deren Enden man vom Fenster aus sieht, entzieht sich auch nicht in Teilen durch eigenwillige, leichte Rundungen schmaler Bürgersteige, die enge, hohe Häuser säumen. Während der Woche steigen Streitgespräche auf, Gerüche, dämliche Launen, Rufe, ein Lachen, die Busse von fern, Gemüsereste, Papier, der Niederschlag der Welt auf dem Asphalt. Schon höre ich die Straßenreinigung, die die ganze Breite der Straße ausfüllt, sehe den gefächerten Wasserstrahl. Auf dem Staub platzen am Rand Tropfen mit ungleichmäßigen Zacken, Rädchen aus einem phantastischen Uhrwerk. Am Wochenende verirren sich Touristen hierher.

Von irgendjemand fühle ich mich weit entfernt. Von einer

Frau, das ist keine Frage. Und sie will, dass ich mich noch weiter von ihr entferne. Doch von wem bin ich entfernt, wer ist die Person, die noch mehr Entfernung will?

Die Sonne steht jetzt gegen elf aufrecht vor der Gardine. Verfolgt sich selbst aus der Siesta der Höfe, die ihre Zinkdächer dem Mittag offenbaren. Das Licht tritt durch feine Öffnungen ins Zimmer. Der untere Rand der groben Gardine wird als schlaffe, vom Hängen unsymmetrisch gewordene Spitze sorgsam auf dem Boden abgebildet. Bis zur Mitte des Raumes versuchen sich Lanzen aus Licht.

Ich war lange im Park. Habe ein riesiges Pensum geschafft. Abseits der Hauptwege wird man nicht abgelenkt. Abend. Véroniques Hände mischen grüne Blätter. Sie hat den Salatfimmel. Teller, Gläser, eine einfache Karaffe. Vor dem Fenster unverständliche Laute. Ein Bettler, ausgestreckt im Schmutz der Straße, versucht mit Hilfe eines Stockes aufzustehen. Ein Gefährte steht unsicher in der Tür des Bistros. Er geht auf den Liegenden zu. Seine Hand weist in eine völlig absurde Richtung. Dann zieht er den Körper nach, als sei er von einem Geschoss getroffen worden. Gemeinsam torkeln sie davon. Ein anderer Mann erscheint, im Arm einen müden Fliederstrauß. Lacht, bleibt stehen, riecht daran, wobei sein ganzer Kopf in den Blüten verschwindet. Er taucht unter in einer Kneipe, die sich einen hochtrabenden Namen zugelegt hat.

Die Mahlzeit verläuft schweigsam. Oben die Schritte des Mannes mit dem verkrüppelten Bein. Wenn er das Haus verlässt, steht er noch eine Weile im Türrahmen um seine Garderobe zu richten, der er sich mit großem Fleiß widmet. Er hat sich einen viel zu jungen Haarschnitt zugelegt. Ein verwegener Schnurrbart ziert die unzufriedene Oberlippe. Gelegentlich besuchen ihn junge Männer. Über die Hausbewohner sammelt er Gewissheiten, die er als üble Nachrede ausgießt. Niemand aber nimmt ihn ernst. Er geht vom einen zum anderen Ende des Zimmers, wütend, ein irres Tier. Das verkümmerte Bein schleift am Boden. Dann wieder hört man ihn ganze Tage nicht.

3. Mai. Besetzung der Sorbonne. Ich beobachte das Geschehen vom Rande her. Das ist keine kurzfristige Geschichte. Es ist, als würde schleichend die Gesellschaft erfasst. Auch abseits des Geschehens liegt Aufruhr in der Luft. Am nächsten Tag ist die Sorbonne bereits geschlossen.

Véronique kaut schweigsam. Ihre Augen haften auf meinem Gesicht. Eine Haarsträhne ist in ihre Stirn gefallen. Sie lächelt mit gewisser Anstrengung, während sie sie zurückschiebt. Pigmente von Trauer auf ihrer Haut. An ihrem Gesicht vorbei berührt mich das Licht vom Fenster. Dass wir zweimal miteinander geschlafen haben, war unvermeidlich. Es hat sich ergeben. Ein Bett, gewisse Phantasien, ein Körper so nah. Sie will bei der Revolte mitmischen, weiß nur noch nicht wie. In die Mitte der Gewalt werde ich mich nicht begeben. Aber die geforderten Veränderungen sind berechtigt und nicht aufzuhalten. Bald werden sich Tausende Demonstranten Straßenschlachten mit der zunehmend überforderten Polizei liefern. Hunderte Personen werden festgenommen, wie schon in Nanterre.

Nach Schließung der Sorbonne ruft die Studentengewerkschaft am 5. Mai zu einem Hochschulstreik auf. Am 6. Mai kommt es wieder zu Demonstrationen, die sich am Abend zuspitzen. Die Forderungen lauten: Öffnung der Universität von Nanterre, Abzug der Polizei aus der Sorbonne und Freilassung der inhaftierten Studenten. Nachdem dies abgelehnt wurde, beginnen 10.000 Demonstranten Barrikaden zu errichten. Autos werden umgeworfen, Pflastersteine aus den Straßen gebrochen und aufgetürmt. Beteiligt sind neben Studenten auch Schüler, Arbeiter, Einwanderer, zumeist Männer, aber auch überraschend viele

Frauen. Véronique überlegt noch und verfasst ein Manifest an meinem Schreibtisch.

Am 10. Mai, Freitag, werden Dutzende Barrikaden zwischen dem Boulevard St. Michel, der Rue Claude Bernard, der Rue Mouffetard und dem Panthéon errichtet, quasi vor der Tür, vor allem auch entlang der Rue Gay-Lussac. An diesem 10. Mai befinde ich mich in einem Haus an der Place Ste. Geneviève, mitten im Geschehen, allerdings bin ich mit der zärtlichen Marie-France im Aufzug stecken geblieben auf dem Weg in ihr Dachzimmer. Ihre Eltern sind verreist. Der Aufzug lässt sich nicht mehr bewegen. Und während da draußen die Revolution der Studenten tobt, erleben wir einen gewaltigen Ausbruch der Gefühle, der sich später, den Lärm der Barrikaden vorm Fenster, in ihrem Dachzimmer noch fortsetzen wird.

Mitten in der Nacht beginnt die Bereitschaftspolizei CRS das Gebiet zu räumen. Es gibt Hunderte Verletzte und 500 Festnahmen. Die Schlagzeilen der Zeitungen und die Radio- und Fernsehsendungen am nächsten Tag sind von den Ereignissen bestimmt. Auch wir sind erschöpft. Mein Job im Restaurant kann einige Zeit nicht wahrgenommen werden. Am Sonntag, nach einem Frühstück bei Marie-France, kann ich das Haus nach links verlassen und in drei Minuten mein Zimmer in der Rue Laplace erreichen. Die Rue Valette war oben blockiert. Für Frankreich und Europa wird die Revolte große, wichtige Folgen haben. Ich bin mir nicht sicher, ob der Liebesausbruch mit Marie-France dauern wird.

In den nächsten Tagen folgt eine Welle der Solidarisierung mit den Pariser Studenten in ganz Frankreich, kurz darauf auch in ganz Europa. Am Samstag solidarisierte sich auch schon die Arbeiterbewegung mit den Studierenden. Die französischen Gewerkschaften kündigten Kundgebungen für den Montag an. Es wurde auch zu einem eintägigen Generalstreik aus Protest gegen das harte Vorgehen der Polizei aufgerufen.

Die Empörung der Bevölkerung ist groß, sie richtet sich nicht so sehr gegen Sachbeschädigungen und Proteste, sondern gegen gewaltsame Reaktionen von Behörden und Polizei mit zahlreichen schwer verletzten Demonstranten. Gerüchte über Tote machen die Runde. Die Demonstrationen und Krawalle gehen in den folgenden Tagen weiter. Behörden und Polizei reagierten repressiv. Obwohl auch Autos der Anwohner in Flammen aufgingen, reagierten diese meist solidarisch und versorgten sogar Demonstranten mit Nahrung oder boten Fluchtmöglichkeiten. Erst Pompidou wird durch seine entspannenden Vorschläge die Wende bringen. Generalstreiks werden folgen. Ende Mai nehmen daran Millionen teil.

Meinen Eltern konnte ich versichern, dass ich während der Tumulte nicht in direkter Gefahr war. Was an uns Franzosen immerhin zu loben ist, ist die Fähigkeit, ein kollektives Nein zum Bestehenden zu formulieren. Das gilt auch für den *joli mai*, den schönen Mai des Aufstandes, wie er genannt wird. Ich habe an ein paar Diskussionen teilgenommen, das Bestehende scharf kritisiert, wie überfüllte Universitäten und andere brennende Probleme, an verqualmten Versammlungen der Studentenvereinigung UNEF teilgenommen, bei denen viel Utopisches bitterernst genommen wurde; die direkte Gewalt habe ich stets gemieden.

Endlich nehme ich meine Besuche bei den Bourgins wieder auf. Der Juni zieht sich hin. Nichts Besonderes passiert, außer, dass Monsieur Bourgins Gesundheit nicht die beste ist. Die großen Ferien sind im Gespräch und auch, wie man Monsieur und dem Rest der Familie gerecht werden kann. Schließlich erfahre ich: Der Arzt hat Monsieur Bourgin Seeluft verordnet. Dem ernsten Anlass zum Trotz gebärden sich die Töchter wie toll. Die Schule geht in der folgenden Woche zu Ende. Madame denkt schon mit Schrecken wieder an das große *Rentrée*, den neuen Schulanfang, so wie sie auch immer mit Schrecken, wie sie sagt, an den Beginn der großen Ferien denkt. Jetzt aber kauft Madame Bourgin mit Eifer Badeanzüge. Zum ersten Mal ist sie bei den Hausaufgaben nicht anwesend. Madame ist in den Kaufhäusern des rechten Seineufers unterwegs. Das Hausmädchen bringt Kaffee, betrachtet mich skeptisch. Wir hatten eine flüchtige Nähe unserer Gesichter vor der Küche. Christiane betrachtet mich bedeutungsvoll. Madeleine sieht, den Bleistift im Mund, durch mich hindurch. Draußen halten die Autos kurz an, bis die Ampel wieder auf Grün schaltet.

Monsieur Bourgin lässt mich in sein Zimmer rufen. Er sieht angegriffen aus, reibt mit den Handflächen durch graue Augenhöhlen. Ob ich die See liebe. Ob ich Auto fahren könne. Während er spricht, überkommt mich die Flut weiter Bilder. Abendliche Horizonte, die sich über den Strand wölben. Ob ich, der Arzt habe ihm das Fahren untersagt, mit ihm und seiner Familie den Urlaub verbringen wolle. Kosten entstünden mir nicht. Im Gegenteil. Ob ich dort mit seiner Frau und seinen Töchtern gelegentlich kleine Fahrten unternehmen könne. Er brauche völlige Ruhe. Dazu sei er verurteilt. Er wolle aber die Familie nicht fühlen lassen, dass das Ganze mehr ein Genesungsurlaub sei. Außerdem könne man die englische Konversation fortführen. Ich sei ja schließlich ein halbes Jahr in England gewesen. Mein Schaden solle es nicht sein. Seine Familie wisse noch nichts, er wolle erst meine Zustimmung.

Christiane hat an der Tür gelauscht. Sie bedrängt mich stürmisch und merkwürdig erhitzt. Dann verschwindet sie polternd ins obere Stockwerk. Sie ist kürzlich sechzehn geworden. Madeleine schleicht müde durch den unteren Flur. Sie hat noch nichts richtig begriffen. Das Hausmädchen ist in Jeans und T-Shirt. Sie steht in der Küchentür und wiegt den Kopf.

Heute habe ich mit meinem Studienfreund Jean-Marie in einem winzigen, algerischen Restaurant in der Rue de la Harpe gegessen. Gerade preisen wir die Stille in diesem Zimmer des ersten Stockes, als eine Horde Gymnasiasten hereinstürmt. Sie besetzen die restlichen vier Tische im Handstreich. Als nicht sofort jemand kommt:

Hier ist ja nichts los! Merde alors.

Sie verschwinden die schmale Treppe hinab.

Die Katze sitzt zwischen dem Brot und blinzelt. Dann schläft sie ein. Der Kellner, zugleich Koch, Tellerwäscher und Besitzer, ist untröstlich ihre Siesta zu stören. Mit erhobenen Händen beschwört er sie wortlos, zu jeder Entschuldigung bereit. Er zieht schließlich ein langes Brot heraus, zerteilt es geschickt, füllt den Korb. Wir winken ab. Die Katze schleicht zurück, springt ins Fach, setzt ihren Schlaf fort. Wir essen Cous-Cous. Jean-Marie lacht über dieses Wort *Cous-Cous*, das die Katze zu rufen scheint, wenn man es wiederholt. Er fragt mich, ob wir nicht besser die Küche inspizieren sollten. Mein Teller bleibt zur Hälfte unberührt. Jean-Marie stammt aus der Normandie. Er verträgt zwei Portionen.

Während ich in der Erwartung des Meeres den kleinen Koffer packe, schwätzt die Zimmerfrau, die das Bett macht, den Papierkorb leert und den Boden mangelhaft fegt oder wischt, unaufhörlich über Abendkurse an der Friseurschule. Sie versorgt nur die Studentenzimmer. Etwa zwanzig. Die meisten. Ihr wirres Haar, das kaum noch eine dichte Stelle zeigt, schreit mir beinahe täglich mit einer neuen, untragbaren Farbe entgegen. Wenn sie durch dreimaliges, penetrantes Klingeln nach unten gerufen wird, gellend immer wieder die gleiche Frage durch das Treppenhaus schickt, auf die sie nie eine Antwort erhält, atme ich auf. Sie wird einige Zeit fortbleiben. Wieso kommt sie nicht morgens? Sie putzt von unten nach oben. Meine Sachen sind schnell gepackt. Nebenan höre ich den schrecklichen Husten. Einige Zeit habe ich die alte Frau bedauert. Aber die Geräusche gehören zu einem Mann Mitte dreißig. Er hat ein feminines, ältliches Gesicht. Seine Hände stoßen mich ab. Der russische Emigrant lebt von Übersetzungen. Einmal in der Woche erhält er Besuch von einer Frau die zu ihm passt.

Das Licht ist ausgefallen. Schräg gegenüber verkauft die Bäckerei nebenbei magere, weiße Kerzen. Zweite Wahl. Verschieden groß und schlecht. Sie gehen reißend weg. Einige Käufer übersehen das Brot wegen des Ereignisses. Stromausfall. Ich erinnere mich an Joséphine. Kerzen die ganze Nacht, Éluard und dieser Wein. Joséphine, die zarte Schöne mit den grünen Augen.

Es regnet. Der schmale Bürgersteig dampft. Die Frau im weißen Kittel irrt von den Kerzen zum Brot und zurück. Besänftigt ihr juckendes Ekzem im Gesicht mit der Rückseite der Hand. Nach dem Regen verströmen die Dächer im Hof bestechende Gerüche. Die Nacht riecht wie das Laub alter Träume.

6.

Anfang Juli. Sonntag. Sechs Uhr. Die Sonne hat mächtige Flaggen aufgezogen. Die Straße satt mit Stille. Nur hin und wieder ein Schritt, der in Torbögen ertränkt wird. Am Vormittag überquere ich hinter der Préfecture de Police auf der Île de la Cité den Vogelmarkt. Vor einem kleinen Käfig in Augenhöhe steht eine ältere Frau mit lilafarbenem Strohhut und Blumenkranz. Es scheint, dass die Vögel in dem Kranz ihres Hutes umherfliegen.

Der Nachmittag bläst die Stadt auf mit hemmendem Dunst. Windstöße greifen unter die Röcke der Brücken. Der Tag wird schwer von Sonnenblenden, roten, grünen und gestreiften. Der nahe Fluss schweigt. Joséphine verlässt meinen Kopf. Ich war empfänglich für ihr Licht, aber nun suche ich keine Ausschließlichkeit mehr. Nächste Woche, Montag, vier Tage vor dem heiligen Nationalfeiertag, fahren wir ans Meer.

Wir näherten uns der See nach anstrengender Fahrt. Fünf fast schweigende Personen. Zuerst sah man, über endloser Straße, langsam aufsteigend den Himmel, der das Meer hochzog. Blau, opak, fast ohne Reflexionen. Dann verlor es an Undurchsichtigkeit. Als der Rand der Höhe in großer Entfernung den kahlen Strand verschlang, erreichten Lichtgeschosse, unnachahmlich wild und schnell emporgeschleudert, fast schmerzhafte Luzidität.

Ab morgen will ich diese Weite auf mich wirken lassen wie ein Heilmittel. Dem Wind durchlässig sein. In Rausch versetzt werden. Mich fesselt das Treibgut. Diese unsammelbaren Möglichkeiten. Die Glorifizierung der Niederlage. Und manchmal verliert sich auf einem Gesicht eine winzige Schaumflocke. Bis zur kaum sichtbaren Salzspur.

Madame Bourgin ist erschöpft von der Fahrt. Die Töchter haben seit Stunden geschwiegen. Monsieur Bourgin hingegen scheint die Zeit im Wagen, einem Citroën Pallas, ohne größere Pause, denn er ist, wie er stets von sich sagt, konsequent, nichts ausgemacht zu haben. Allerdings hat er die halbe Fahrt geschlafen. Er hat eine betagte Villa gemietet, deren Stil nicht ganz schlüssig ist. Sie verbirgt sich in der kühlen Insel eines Waldstückes, in dessen lichten Stellen das Meer seinen Geruch absetzt und unablässig blinkt. Das Mädchen war mit dem Zug vorausgefahren. Es hilft in befreiter Kleidung beim Ausladen der Koffer. Kein Kleiderzwang, hatte Madame verkündet. Das hätte sie vielleicht nicht tun sollen. Wir machen erste Schritte in der Helligkeit der Uferanlagen, die zum Haus gehören.

Keine Wolke überschattet die Sandflächen, die sich einige Meter vom Wasser entfernt in Dünen verwandeln. Energisches Dünengras verhindert das Fortbewegen. Segelt doch eine Wolke vorüber, wandern graue, kleine Fetzen über den Sand und das Glitzern hört an diesen Stellen auf. Ich bin angefüllt mit alten Sommern, der Sehnsucht nach Wortlosigkeit. Die kann nur teilweise erfüllt werden.

Auf Anraten seines Arztes sucht Monsieur Bourgin bereits am nächsten Morgen einen ansässigen Herzspezialisten auf. Zur Entlastung seiner Frau hat er eine Pflegeschwester engagiert, die jeden mit Skepsis betrachtet. Mir erscheint dieser Aufwand übertrieben, doch schon am folgenden Tag zeigt Monsieur Bourgins Gesicht eine fatale, graue Erschöpfung. Der Schweiß bricht ihm unvermittelt aus, steht kalt auf der Stirn, er greift sich an den Hals. Sein Puls flieht. Der zweite Tag endet mit Injektionen, mit schnell verordneter Bettruhe. Eine allgemeine Orientierungslosigkeit herrscht. Am anderen Mittag lässt er mich rufen.

Sie müssen jetzt meine Pflichten übernehmen, Monsieur. Sorgen Sie dafür, dass die Damen sich nicht langweilen. Sprechen Sie Englisch mit den Kindern. Seien Sie konsequent, wie ich! Übrigens, vielleicht haben ja unsere Großväter gegeneinander gekämpft. Aber das ist lange her. Sie sagten doch, dass Sie zwei Pässe ... Oder vertue ich mich? Egal, das müssen Sie mir erzählen.

Schlaff fällt er in die Kissen zurück, er hat mich vergessen.

Zwei Pässe, wer hat denn das erfunden? Deutscher Großvater. Er muss mich verwechseln. Immerhin scheinen die Vorteile in dieser Familie zu überwiegen.

Ich sitze eine Weile in dem dunklen Zimmer, ausgesetzt auf einem Stuhl. Ich höre Monsieur Bourgins Atem, kann mir nicht vorstellen, dass dieser Mann je ernsthaft gearbeitet hat. Er wirkt jetzt, als sei er schon hinfällig zur Welt gekommen. Eine Viertelstunde später schlägt er abrupt die Augen auf.

Sorgen Sie jedenfalls dafür, dass meine Frau nicht ins Grübeln gerät. Sie kommt aus der Vendée, gar nicht weit, Sie wissen schon. Man ist da etwas ... Sie sorgt sich. Sie verliert jedes Maß dabei. Ich zähle auf Sie.

Wir gehen früh zu Bett. Nach dem Essen verlasse ich den Salon im Parterre. Höre noch die jetzt gedämpfte Sprache der See unter meinem Fenster. Das Mädchen kocht in den Ferien. Ansonsten hat sie viel Freiheit. Sie kocht erstaunlich gut. Madame hat ihr ein paar normannische Spezialitäten gestattet. Ihre offenherzige Kleidung reizt mich.

Die Fäden der Erinnerung sind elastisch, manchmal auch unerbittlich. Sie stellen erschöpften Glanz wieder her, bilden feine, graue Muster ab.

Im Zimmer neben mir schläft das Hausmädchen Chantal. Sie besteht nur aus Augen und einer erheblichen Brust. Die Töchter der Bourgins sind auf dem gleichen Flur untergebracht wie wir. Am anderen Ende. Eine dreistufige Treppe teilt ihn in zwei ähnlich lange Abschnitte. Nachts knistern die Holzverkleidungen. Das Ehepaar bewohnt die Zimmer im Erdgeschoss, wo auch die Pflegeschwester einquartiert ist. Mir kommt sie zu gutmütig vor für diese Arbeit. Ihre Skepsis scheint Angst zu sein. Ich nehme die Kühle der Bettwäsche wahr, zitternde Nachtluft, die die Atemzüge des alten Leuchtfeuers kunstvoll auf die Wände überträgt.

Am Morgen treffen wir uns gegen neun. Außer dem Hausherrn, der im Bett bleiben muss. Madame lässt Chantal mit uns essen. Die trinkt, ländlich wie sie ist, Unmengen Milch, verschlingt ihr Rührei. Mich verschlingt sie mit den Augen. Die Mädchen lachen mit ihr. Die Regeln sind aufgehoben, das finden sie toll. Die Pflegeschwester frühstückt nicht. Bei den Bourgins spielt das Frühstück eine Rolle. Die einzige Gemeinsamkeit mit meiner Familie, die ein bekanntes Steuerbüro betreibt. Madame Bourgin findet kein Ende. Es scheint, als sei sie in der Nähe ihrer Heimat noch einmal so träge. Madeleine und Christiane haben unternehmungslustige Gesichter. Sie reden unaufhörlich, brechen in Lachen aus. Ihre Mutter weist sie zurecht. Sie beginnen erneut. Dabei benutzen sie eine Sprache, die von ihrem Alter codiert scheint. Die alte Müdigkeit scheint schnell abgestreift wie ein Strumpf.

Véronique war noch vor meiner Reise fortgegangen. Kühl und gefasst. Der Dutt höchst selbstbewusst. Gegenüber wurde endlich das billige Zimmer frei. Nichts hatte sich danach verändert, außer dass ich das Zimmer wieder für mich allein hatte. Nach meiner Rückkehr werde ich das genießen. Jean-Marie würde am Wochenende kommen. Wir würden ins Tal der Chevreuse fahren oder so. Auf der Landstraße würden wir über Dinge lachen oder streiten, die längst keinen Bestand mehr haben, über Wünsche und Leidenschaften, die keine mehr sind. Denn die anderen gibt man nicht preis. In der Métro würde sich Jean-Marie in ein Mädchen verlieben, das an der Cité Universitaire aussteigt. Er winkt mir und folgt ihr, aber wie er mir tags darauf sagt, wird die Sache wohl keine Folgen haben.

7.

In der Nacht war ich noch einmal hinausgegangen. Das Knistern der Wege. Der geschliffene Stahl des Himmels. Über dem Horizont, länglich, ein schmales Schwert mit Blutrinne. Der asphaltfarbene Sand, wenn ihn schnelles Licht des Leuchtfeuers überfällt. Antworten der Kristalle. Der schwarz ausgesäte Kiefernwald. Meeresgewächse auf dem Strand zum Trocknen ausgelegt. Gegen drei kehre ich zurück. Die Flure ausgelegt mit Stille. Es ist als habe ich eine heimliche Freundin besucht.

Heute trägt Madame Bourgin Unsicherheit zur Schau. Sie isst nichts. Es wirkt ansteckend. Bald schweigen sogar die Töchter, verschwinden bestenfalls unter einem Schirm aus Flüstern. Sie wollen nichts lieber als hinaus. Schließlich nickt sie ihnen auf diese besondere Weise zu, die nur deshalb funktioniert, weil Monsieur Bourgin ernsthaft krank ist. Kaum haben sie das Zeichen zwischen Einverständnis und Resignation aufgefangen, sind sie schon fort.

Ich gehe in mein Zimmer hinauf. Zehn Uhr. Es ist schon jetzt ungewohnt heiß. Chantal kommt die Treppe hinab, macht einen Schritt, als nehme sie eine Stufe zweimal. In dieser Verzögerung, einer Art Betriebsstörung, und in ihren Augen, entsteht ein Vorwurf. Ich soll über sie nachdenken. Ich kann mir vorstellen mit ihr einzuschlafen, das Gesicht auf ihrer Brust.

Auf dem Flur höre ich, wie die Töchter Madame Bourgins fast hysterisch um einen Bikini streiten. Die Unterlegene soll offenbar mit einem Einteiler Vorlieb nehmen. Ich entschließe mich zu schlichten. Drei Stufen hinab, sechs Meter, drei Stufen hinauf. Durch die angelehnte Tür muss ich erkennen, dass beide völlig nackt sind und sich ungeniert über die verschobenen Betten verfolgen. Man kann unschwer feststellen, dass Christiane schon bald unter den Jungen einige Verwirrung stiften wird. Unten verlässt Madame Bourgin das Frühstückszimmer.

Am nächsten Morgen fahren wir zur *Pointe de Grave**. Schwitzend, durch sumpfige Heide. Das Gelände ist öde. Vereinzelt erkennt man hingeworfene Waldstücke. Die Gerüche der Landschaft scheinen sich in der Hitze auszutoben. Das Gewürz erschlägt den eigentlichen Geschmack der Speise. Die Haare der Mädchen fliegen im Fahrtwind der halboffenen Fenster. Ihre Bermudas haben sich ganz hochgeschoben. Ich halte an. Kurz verschwinden sie in den Büschen. Madame Bourgin seufzt. Sie beachtet mich kaum. Doch ihrer Trauer fehlt ein familiärer Zug. Die Mädchen plappern auf dem Rücksitz Schülersprache. Ihr Haar fliegt herausfordernd. Durch das offene Schiebedach entstehen weitere Turbulenzen. Sie haben darauf bestanden mit der Fähre nach Royan überzusetzen. Seit der Krankheit ihres Vaters grassiert in ihnen neues Selbstbewusstsein. Im letzten Augenblick untersagt Madame die lange Überfahrt und verweist auf den nahen Strand von Le-Verdon-sur-Mer, wo wir die Mädchen absetzen.

Zwischen ihnen tanzt trotzig die große, schwarze Badetasche. Sie gibt den Grad des Selbstbewusstseins und der Verärgerung der Trägerinnen wieder. Wir haben uns mit den Beiden später an gleicher Stelle verabredet.

Ich resigniere, sagt Madame Bourgin.

Du hast die Verantwortung, ruft sie unsicher hinter Christiane her.

Im Kopf noch das Bild des Forts mit Leuchtturm auf dem langen Damm, fahren wir ein Stück in den Ort zurück. Madame ist müde. Sie will keine weiteren Ausflüge unternehmen. Sie stöhnt.

Schweigend mit Madame auf und ab gehen. Viel lieber mit einem Buch anderswo im Schatten liegen. Ein Gartenrestaurant aufsuchen. Wenige Worte unter den Bäumen. Der Versuch, den Augen Madame Bourgins zu folgen. Sie haben kein Ziel, kommen aus keiner Reserve. Unter den Schatten ausharren, gefangen in einem fast wortlosen, zähzitternden Mittag. Sie seufzt gelegentlich.

Wissen Sie, die Sonntage bei Maman, beginnt sie plötzlich. Die Nachbarn. Essensvorbeitungen. Spaziergänge, Gespräche, alles festgelegt. Maman, das ist die Mutter meines Mannes. Da sind wir jedes verdammte Wochenende. Sie hustet erschrocken. Sie sagt nichts mehr.

Stört es Sie, wenn ich lese?

Ach, nein, ach nein.

Am sandigen Parkplatz der Avenue de la Plage steigen spätnachmittags die Mädchen zu. Sie sind erschossen, quellen aber über vor Farbe und Lebensfreude. Christiane betrachtet mich sphinxhaft im Rückspiegel. Ich will belanglos wirken. Beide Mädchen diskutieren leise. Danach fallen sie ganz allmählich unter das lähmende Netz ihrer Mutter zurück. Dass Madame diesen Ausflug erlaubt hat!

Von Morgen an werden wir nur noch Englisch reden, sage ich unerwartet.

Ein gutes Mittel der Abwehr. Christiane und Madeleine ziehen ein Gesicht, als wir das Haus erreichen. Chantal nimmt sich den Wagen vor. Sie sieht mich mehr als herausfordernd an.

Kürzlich habe ich gelesen, dass es tatsächlich einen Terminus wie den Allmählichkeitsschaden gibt. Das muss ich auch auf das

Verhältnis zwischen den Töchtern Madame Bourgins und ihrer Mutter anwenden, denn immer wieder gelingt es Christiane und ihrer Schwester in herzerfrischender Heiterkeit zu landen, die ihre Mutter oft unnötig zurechtstutzt.

Spät abends verlasse ich das Haus. In einem Garten, einen Kilometer vom Haus, treiben Lampions, große, mit Stolz entzündete Insekten. Dahinter Gesichter, lachend, schwindend, wiederkehrend. Wolken kommen, gehen. Der Himmel ist mäßig durchsichtig. Der Weg wird steiler, der Ort wächst nach unten in seine Nachtexistenz. Immer rascher sinken Dächer in ein verschachteltes Nest. Nach einer Weile wird der Ort in der Tiefe geräuschlos. An ungewisser Stelle am Horizont treibt der nachtweiße Fleck eines Segelbootes. Ein später Polizist fährt mit dem Fahrrad vorüber, dreht sich misstrauisch um, wobei sein Rad ins Schlingern gerät. In einem Fenster im zweiten Stock unseres Hauses brennt Licht. Die Lampe über dem Eingang giert nach völliger Dunkelheit. Die Fensterläden reichen als Lamellenflügel eines Leuchtvogels in die Nacht.

Auf dem Tisch die rote Kerze, unter deren Flamme die bizarre Grotte erstrahlt. Tropfen und Figuren. Zäh fließt der Rand ins sich erweiternde Becken. Schwarze Teile schwimmen planlos im flüssigen Kelch. Ich irre im Dunkeln durchs Haus. Es scheint mehr Räume zu haben als angenommen werden kann.

Drei Uhr. Eine neue Nacht. Chantal will mich nicht weglassen. Sie redet nicht viel, aber wenn sie redet, spricht sie harten, normannischen Dialekt, der stark mit ihren weichen Formen kontrastiert. Sie flüstert jetzt, was den Dialekt nur noch verstärkt. Sie ist fast unersättlich, ich muss verdammt noch mal aufpassen. Von da draußen funkelt silbergraue Sommernacht. Ich sehe mein bescheidenes Zimmer vor mir, die Rue Laplace, das Panthéon, die Rue Soufflot in ihrer selbstverständlichen Eleganz.

Endlich finde ich mein Zimmer in diesem alten, aquitanischen Haus. Die Kerze brennt jetzt wieder hoch. Ich öffne die Fenster weit, will den Raum einer strengen nächtlichen Reinigung unterziehen. Der Schein des Leuchtfeuers pulsiert als gelbweißer Herzschlag. Mitten darin der rote, heiße Fleck der Kerze.

8.

Am Tag darauf wirkt Madame Bourgin verwandelt, ist in Maßen heiter, blitzt mich an aus Kastanienaugen. Sie zeigt sich das erste Mal im Badeanzug. Das eigene Stück Strand kann nicht eingesehen werden, trotzdem ziert sie sich gehörig. Ich stecke in schwarzen Badeshorts. Ihr Badeanzug wirkt unpassend an ihr, aber er gibt mir Gelegenheit mehr über sie zu erfahren. Hinter ihr haben die Töchter einen großen Schirm in den Sand gesteckt, den ich fixieren muss. Madame Bourgin meidet von jeher die direkte Sonne. Die Mädchen amüsieren sich mit einem Federballspiel und kommentieren braungebrannte, junge Männer aus der Gegend, die sich kurz vom Wasser her nähern.

Seit Madames Trauer verflogen ist, fällt auf, dass ihre Reize selten das Gleichgewicht verlieren. Ihre große Brust ist straff und hat einen glatten Ansatz. Christiane erscheint immer wieder unmotiviert und wirft sich zu unseren Füßen in den Sand, wo sie sich wie ein junger Hund räkelt. Sie straft mich mit profunden Blicken, stellt überflüssige Fragen. Chantal bringt eine Kühlbox mit Getränken, über die sich Madeleine sofort hermacht. Chantal sieht mich an, verzieht spöttisch den Mund, als wolle sie sagen: Wie wollen Sie das alles bloß schaffen?

Am nächsten Tag bittet mich Madame ihr den Rücken einzureiben. Ihre Töchter, jetzt meist im Wasser, haben dazu keine Lust. Da ist wieder dieser Hals, der jede Frage offen lässt. Nun will Christiane mir die Tube wegnehmen, aber Madame Bourgin weist sie ab.

Du hattest deine Chance, sagt sie pikiert und amüsiert zugleich.

Als Christiane nach einem blauen Ball läuft, den ihre Schwester unverhältnismäßig weit geworfen hat, lasse ich meine Hand durch den Rückenausschnitt Madames nach vorne gleiten. Die Fingerspitzen streifen ihre schwere Brust, als hätte allein sie das entschieden. Madame Bourgin erwähnt meinen Vornamen. Dazu hat sie sich Zeit gelassen. Sie tut es erst, als Christiane schon auf dem Rückweg ist. Die Brustwarzen sind jetzt deutlich durch den Stoff zu sehen. Madame scheint das mit beiden Händen wegwischen zu wollen.

War das englische Konversation, Monsieur?

Der verspielte Vorwurf, der Christiane mit einschließt, enthält ein Einverständnis, was sie selbst betrifft. Sie dreht sich um. Ihre Augen fressen mich.

Sie lesen Gedichte, sagt sie. Schreiben Sie auch welche?

Na klar, jeder schreibt Gedichte.

Wie unterwerfen Sie die Poesie? So wie Sie die Frauen unterwerfen? Ist die Poesie nicht auch eine Frau?

Ihre Stimme hat eine unruhige Farbe. Sie sieht mich an, als habe sie eine für immer unlösbare Aufgabe gestellt. Vielleicht hat sie ein paar Literatursendungen *Apostrophe* gesehen.

Ich kann über diese Dinge nicht sprechen, sage ich, manches verschlägt auch mir einfach die Sprache.

Brauchen Sie kein Medium, oder gar mehrere?

Alles ist Anstoß, sage ich, im Endeffekt jedenfalls, Schönheit oder Hässlichkeit. Das weiß ich noch aus der Schule.

Aha, sagt sie, die Schule ist ja auch gar nicht so fern.

Die Schule ist immer da, sage ich, man muss sich nur entscheiden, in den Unterricht zu gehen.

Und, haben Sie sich entschieden?

Ich schweige. Madame schweigt auch. Sie wendet sich zur Seefront. Boote treiben scheinbar ohne Kurs, als seien sie entspannte Gedanken. Die Sonne brennt. Chantal ruft zum Mittagessen. Madame legt den Kopf auf die Knie als sage sie: Jetzt ist es passiert!

Am Morgen, beim Erwachen, fühle ich die Linie des Rückgrates, das erschreckte Anklingen von Nerven. Es ist, als spüre ich im Inneren eines verletzlichen Fischleibes allen möglichen Außendruck, dem ich nicht standhalten kann. Vom Ende der Promenade kamen noch am Abend gedämpfte Worte. Atem vom Meer füllte die zerbrechlich scheinenden Spitzen der Bäume mit Unruhe. Diese Unruhe ähnelte dem Glück oder Unglück, das man spürt aber nicht sieht. Im Garten des Hauses, wild und Jahre nicht gebändigt, war die Phonetik des Tages untergegangen. Unter hohlen Fenstern hat der Gedanke an Joséphine, eine der ersten Lieben, schöne Schatten.

Die Tür muss sich lautlos geöffnet haben, letzte Nacht. Gefangen von unsichtbaren Strahlen, kommt mir das sich nähernde Bild bekannt vor. Ich verpasse den Moment, in dem man gewisse Situationen entschlossen löst, durch Lähmung. Weitere Netze wirft die See aus. Meerhelligkeit. Bekleidet nur mit einem durchscheinenden Nachthemd, gerade sechzehn, Christiane. Geh aus meinem Kopf, Joséphine! Die Nacht verläuft still. Nur einmal hören wir Schritte. Ich habe Christiane zu erklären versucht, dass es Dinge gibt, die es nicht geben kann. Doch sie glaubt, dass sie mich irgendwann heiraten sollte. Wenn der Altersunterschied nicht mehr zählt. Bis dahin will sie zumindest meine Geliebte werden. Unter allen Umständen. Der sonderbare Tonfall hinter gleichgültigem Ernst macht mich befangen.

Sie will nicht aufgeben, wie sie sagt und die Sache mit Johnny Hallyday sei sowieso längst vergessen. Ich werde diese Kindereien ignorieren. Die Idee der nächtlichen Besuche ist schließlich nicht mir gekommen.

Gegen 00:30 Uhr, an einem der folgenden Tage, war Christiane ein zweites Mal gekommen. Lärmte derart an der Tür, warf Steinchen vom Garten, dass ich schließlich aufmachen musste.

Ich ertrage ihre ungeschickten Küsse, die mir vorkommen, wie große unerwartete Regentropfen. Das erste Mal hatte ich ihr unablässig aus einem Roman vorgelesen, bis sie ermüdete. Im Licht dieser neuen, langen Nacht dehnt sich ihre Haut bläulich. Die Kiefern geben winzige Geräusche weiter. Das Haus liegt tot. Heute sind meine Gedichte dran.

Eine Stunde später. Schritte, die sich vor der Tür zögernd beruhigen. Wir glauben uns verhört zu haben. Lange geschieht nichts. Ein rechtzeitiger Gang nach draußen hätte mich vor folgendem bewahrt:

Leichtes Klopfen. Christiane schießt elektrisiert vom Bett hoch. Ich helfe ihr, sich hinter dem Vorhang zu verbergen, wo mein Koffer steht. Ungeduldiges Klopfen, beinahe ärgerlich. Madame Bourgin.

Jener Wortwechsel über die Unterwerfung der Poesie trägt jetzt logische Früchte. Bloß, will ich wirklich ernten? Ich fühle mich unbehaglich. Noch schnell ein anderes Zimmer vorschlagen. Doch Madame versichert, dass wir gerade hier gänzlich ungestört sind. Um keinen Verdacht zu erregen, bemühe ich mich zwanglos und gelöst zu erscheinen. Madame Bourgin hat mit dem Parfüm übertrieben. Wenn man sie sucht wird das unweigerlich zu meiner Tür führen.

Während der folgenden Stunde, angefüllt mit mühsam genossener Leidenschaft, weiß ich, dass hinter dem blauweiß gestreiften Vorhang, der jetzt keine Farbe hat, keine drei Meter entfernt, Christiane mit Hass hinter den Fäusten jedes Geräusch verfolgt. Jeden Augenblick müsste ihre Geduld ein Ende haben. Sie würde den Vorhang herunterreißen und ihrer Mutter die *Tatsachen* eröffnen. Oder bewegt sie das alles nicht? Ist sie etwa eingeschlafen? Insbesondere die Ruhe hinter dem Vorhang, an deren Stelle man sich einen Schrei, irgendeine jammervolle Reaktion erwartet hätte, lähmt mich in den Hüften derart, dass Madame Bourgin mich schließlich für unerfahren halten muss. Ihre Zufriedenheit erscheint mir wie Ironie, besonders, da sie mich immer wieder gut hörbar im Detail lobt. Dabei verfällt sie in die Sprache der Gegend aus der sie kommt. Vielleicht fehlt ihr der Maßstab, bedingt durch Monsieurs vermutete Unfähigkeit.

Als sie endlich geht, lächelnd *auf bald* flüstert, beeilt sich Christiane ihr Versteck zu verlassen. Ich habe mir die Ohren zugehalten, sagt sie. Ich schäme mich für meine Mutter, sie ist so alt. Aber ich sage nichts.

Während sie nun übertriebene Verfahren entwickelt mich zu verführen, stellt sie mir diesbezügliche Fragen. Es gelingt mir, unseren anstrengenden Kontakt in einer Art Versuchsbereich zu halten. Ich fühle mich völlig erledigt. Lange höre ich ihre ungelenken Beteuerungen an meinem Ohr, die aus Fernsehserien stammen könnten. Ich versichere, dass sie irgendwann einem Mann ungeheuer viel zu geben habe. Das beschwichtigt sie. Sie verspricht daraufhin, ihrer Mutter nicht anders zu begegnen als bisher, nimmt mir im Gegenzug aber das Versprechen ab, es nicht noch einmal mit ihr zu versuchen. Lange überlege ich, wie ich ohne Schwierigkeiten aus dieser Familie wieder herauskommen kann.

9.

Wir haben problematische Ferien verlebt. In der Rue Madame hat sich nichts geändert. Madame Bourgin sitzt im fernen Teil des Zimmers. Sie liest. Vor dem Fenster glüht ungebrochen der Sommer. Autos halten an. Jemand findet sich mit den Gängen nicht zurecht. Christiane betrachtet mich ernst. Madeleine brütet über scheinbar unlösbaren Aufgaben. Vorbereitungen auf das neue Schuljahr. Hin durch den Luxembourg-Park. Und zurück durch den Park. Der Bouleplatz, das Karussell. Auf einer Bank unter den Bäumen ausruhen. Beobachten. Ein wenig reden. Nachdenken. Ein Eis.

Ich laufe durch das ausgedörrte Paris eines Monats August. Die Augen auf dem Pflaster, zersetzt sich kurz die Fremdheit des Viertels. Das Zweite Arrondissement. Zwei abenteuerlich abgestützte Häuser in einer zweimannsbreiten Straße. Aufgescheucht von unbekannten Geräuschen entdecke ich in den Gesichtern physiognomische Abweichungen von den Leuten des Fünften Arrondissements, dem ältesten von Paris.

Die Zeitungen sind voll von einem Mord in meiner Nachbarschaft. Man hat das Leben einiger Anwohner durchleuchtet. Doch fast jeder hätte in die betreffende Wohnung eindringen können. Sie ist leicht über die Dächer zu erreichen, ein schmaler Zinkweg, ein paar Eisenstufen. Man hätte nicht einmal schwindelfrei sein müssen. Man spricht von massiven Streitereien. Aber ist das nicht der banale Alltag?

Im Nebenhaus hat es gestern gebrannt. Ein großer Auflauf. Wir mussten aus Sicherheitsgründen die Häuser verlassen. Ich habe mich mit einem Klappstuhl und zwei Büchern im Torbogen nebenan aufgehalten, bis die Sache vorüber war.

Weiterlesen. Der Krieg nimmt in dem von meinem Vorgänger

hinterlassenen Buch kein Ende: *'Heute überschreiten unsere Truppen nach schwierigem Gefecht die Z. Ich erkenne mit Erstaunen, dass ich bereits in einem fremden Element lebe. Pioniere haben weiter oben eine Brücke aus Pontons über den Fluss geschlagen. Auf dem Nachmittagsmarsch wird ein feindliches Flugzeug getroffen. Vor und hinter ihm platzen geisterhafte Geschosse. Doch es entkommt ungefährdet.'*

Ich begegne dem aufgeputzten Gehandicapten auf der Treppe und kann nicht ausweichen. Er grüßt übertrieben höflich, will scheinbar den Weg fortsetzen. Dann dreht er sich plötzlich um, fragt leise von unten herauf nach dem Verbleib Véroniques. Dabei verzieht er das Gesicht zu einem schiefen Lächeln. Jetzt beginnt er mir Mut zuzusprechen. Während ich den ironischen Tonfall ignoriere, versuche ich mich mit dem Namen Véronique vertraut zu machen. Ich weiß nichts von ihr. Habe ich von ihr gelesen? Ich lasse den Mann stehen, gehe hinauf. Erst dann leuchtet mir der Name Véronique wieder ein. Ich werde ihr wohl bald auf der Straße begegnen.

Das Fenster steht offen. Ein Stück Himmel versucht sich an gewagten Tönungen. Neben den Luken der Dachwohnungen gegenüber machen sich Tauben die Plätze streitig.

September. Es ist bald wieder Zeit für die regulären Besuche bei den Bourgins. Statuen. Brunnen. Kieswege. Hände, die nach Kindern greifen. Fahrgeräusche in einem Baum. Äste, Balkongitter. Rue Madame. Als ich einbiege sehe ich, wie man vor dem Hause Bourgin eine grauweiße Trage in einen mit laufendem Motor wartenden Ambulanzwagen schiebt, die Türen hastig und laut schließt und eilig davonfährt. Zwei Tage später wird Monsieur Bourgin tot sein.

Chantal öffnet wie damals. Sie blickt mich an, als kenne sie mich nicht. Ihre Brust wogt unter rosigem Gesicht. Im Salon

Madame Bourgin, aufgelöst. Der Gesichtsausdruck des Mädchens, stets an dem Madame Bourgins orientiert, unterstreicht das Gravierende des Ereignisses zusätzlich. Madame Bourgin gibt Anweisungen, befiehlt beinahe unhörbar Tee zu machen. Mit sparsamer Gestik, in einem anthrazitfarbenen Kostüm, weint sie vor sich hin. Ich glaube, dass weniger die aussichtslose Lage ihres Mannes sie erschüttert, als vielmehr die eigene, die sie aussichtslos glaubt. Sie ist nie ausreichend mit der Wirklichkeit in Berührung gekommen. Und auch von Träumen versteht sie vielleicht zu wenig. Zu ihrem Mann darf sie nicht, wodurch sie ihn schlechthin verloren glaubt. Andererseits versichert sie fortlaufend, dass nichts unversucht bliebe. Hilflosigkeit und Tränen werden unter den Lidern zu verschworenen Komplizen.

Einige Male fällt mein Vorname, dem sie einen Nachklang anhängt. Die Verzweiflung, mit der sie die Zukunft ausstaffiert, würzt ihre Ausstrahlung mit gewisser Verschlagenheit. Wittert sie die Möglichkeit völliger Freiheit? Dabei zeigt sie die Angst des Bauern, der zum ersten Mal sein Dorf verlässt. Die Diskrepanz zwischen neuen Aussichten und drohendem Unvermögen, reißt ihre Gesichtslandschaft zu ständig neuen Bildern auf. Madeleine und Christiane sind nicht zu sehen.

Frauen, die einem so plötzlich anvertraut zu sein scheinen, machen einem gelegentlich Angst. Unwillkürlich vergleicht man. Ich vergleiche mit Joséphine, es gibt bisher nicht so viele, mit denen ich vergleichen kann. Eingehüllt in einen flauschigen Mantel, von einem auf den anderen Fuß tretend, die Hände in die Ärmel gesteckt, als wäre der Mantel ein riesiger Muff, erwartete mich Joséphine damals an der Gare du Nord. Durch den Schnee gingen wir zu ihrem Wagen. Langsam kommen die Bilder zurück. Ich kenne alles, was sie irgendwann in meinem Beisein getragen hat. Alle Farben, die über ihr Gesicht gegangen waren und mir weitere Aspekte ihres Wesens offenbart hatten. Sie ist heute noch komplett sichtbar vor einer Schar transparenter Gräser. Das Bild schwindet wieder. Joséphine hielt sich immer für ersetzbar.

Auf dem Weg zur Toilette erwische ich Chantal gerade noch im Hauswirtschaftsraum. Ich dränge sie gegen die Wäschebündel. Ich frage sie, warum sie so tut als kenne sie mich nicht, wo ich doch eher froh darüber sein sollte. Es kommt zu einer kurzen, intensiven Begegnung. Die Berührung ihrer starken Hinterbacken macht sie vorübergehend wieder zu Chantal. Sie keucht. Sie heißen alle Chantal. Im Nacken hat sie einen roten Fleck, wohl von der Geburt. Sie prustet laut. Danach sieht sie mich leer an. Kurioserweise hebt sie die Hand zu einem kleinen Gruß, den ein dünnes Lächeln begleitet, als ich die Finger bereits auf der Klinke der Salontür habe. Als ich den Salon betrete, erinnere ich Madame sanft an unsere Nächte. Ihre Augen erhellen sich, nur um kurz darauf wieder ins Dunkle abzustürzen.

Nach dem Tod Monsieur Bourgins kommt der Familiennotar häufig ins Haus. Offenbar hat Monsieur genügend Geld aber auch Probleme hinterlassen. Chantal spricht von einer bisher unbekannten Tochter. Der Notar mustert mich mit Unbehagen, als wolle er Zusammenhänge herstellen zwischen mir und diesem Tod. Er ist aus einer anderen Zeit, erinnert an Anatole France. Ich begegne ihm mit ausgesuchter Höflichkeit. Seine abschilfernde, braune Aktenmappe hängt fast schlaff. Madame Bourgin, die meine Anwesenheit gar nicht erklärt, macht es ihm schwer erträglich, mein Dortsein hinzunehmen. Sie hat es in diesem Auf und Ab der Gefühle offenbar völlig versäumt es ihm zu erklären. Irgendein Gleichgewicht gestattet es mir, dem Reiz eines weitergehenden Spiels nicht zu erliegen. Dass Madame meine Existenz nicht hinreichend belegt, ja einfach nichts vor mir verbirgt, ist nichts weiter als Einsamkeit und Vergesslichkeit. Noch immer von den Töchtern keine Spur.

Man hatte die Leiche aus der Nachbarschaft abtransportiert.

Das Haus kann ich sehen, wenn ich mich hinausbeuge. Rechts über dem kurzen Zinkdach sieht man die oberen Fenster. Eine junge Frau. Man sagt, der Mann sei verwirrt gewesen, habe seine Frau in drei Häusern gesucht und schließlich erschöpft irgendeine Fremde erstochen. Sie haben auch mich zu dem Mord vernommen. Absurd. Diesmal haben sie sogar in Nebenstraßen systematisch nach Zeugen gesucht. Sie waren auch in allen Wohnungen, die unmittelbaren Zugang zu dem Dach haben. Ich war am Meer als die Sache geschah und kann ihnen nichts sagen. Trotzdem sind sie unhöflich.

Meine Augen folgen dem blauen Rauch der Zigarette. Ich gähne andauernd und trinke ein Glas Wein. Das Buch fällt schon zum zweiten Mal wortlos aufs Betttuch. Ich muss das Kapitel jedenfalls noch zu Ende bringen. Ich stehe auf. Mit dem Buch in der Hand koche ich ein paar Nudeln auf meinem blauen Campingkocher. Etwas Salz, etwas Olivenöl, *herbes de Provence*, ein Stich Butter.

Krieg ist kein bevorzugtes Thema für mich, trotzdem mache ich weiter:

'Am Waldrand liegt eine Batterie schwerer Geschütze. Es erfolgt ein Überraschungsangriff des Gegners. Der Mann neben mir fällt ganz plötzlich lautlos zusammen. Ich versuche ihn aufzufangen. Das warme Blut spürt man zwischen den Fingern. Er ist über dem Ohr getroffen worden, er sagt nichts mehr.*

*Angst erfasst mich, er war der einzige der mir ähnlich war. In den Gräben haben wir uns schnelle Worte zugeworfen. Bei jedem Begräbnis wurde er krank. Aschfahl verlor er jede Fähigkeit etwas zu sagen. Er konnte nicht essen, übergab sich. Das Problem hatte ich nicht. Jetzt wird er nie wieder etwas sagen können.'

10.

Als ich das erste Mal auf Séverine aufmerksam wurde, befand sie sich im Gegenbus der Linie Porte d'Orléans – Gare de l'Est. Ich nehme sonst nie den Bus. Bin auf dem Weg zum Boulevard de Bonne Nouvelle, wo Jean-Marie sein neues, winziges Zimmer bezogen hat. Beide Busse kommen infolge einer Stauung an der Kreuzung Rue des Ecoles / Boulevard Saint Michel zum Stehen. Auf Séverines Gesicht entwirft der Nachmittag heitere Lichtnetze. Die Busse fahren an. Das Gesicht, das wie losgelöst treibt, verschwindet. Ich sehe noch wie seine Züge von Häuserschatten gierig aufgesogen werden. Es hinterlässt nichts Greifbares. Der kurze Augenblick nimmt Séverine vermutlich alle Mängel. Einen Namen hat sie noch nicht. Warum glaubte ich, sie würde nur wie eine Art Komparsin in der Realität zu Hause sein?

Séverine wird zu jener Art Frauen gehören, die der so genannten gültigen Geheimnisse beraubt sind. Die deshalb geheimnisvoll erscheinen, weil sie das gängige Maß der Geheimnisvollen nicht erfüllen. Sie wäre kein Spiegelkabinett. Man könnte sie lieben, ohne auf Dauer enttäuscht zu sein. Immer meine ich, dass alle Bilder, die ich sehe, nur die Vorläufer ihrer Endfassungen sind.

All meine Vorstellungen würden sie umkreisen und schließlich auch erreichen. Ihr unverhofftes Auftauchen brennt sich in mich ein. Sie hat kein einziges Wort gesagt. Sie konnte nichts sagen. Doch auf dem Weg zum Boulevard de Bonne Nouvelle wird sie mir zunehmend vertraut. Ich will sie schon längst kennen. Hartnäckig glaube ich, dass ich gerade sie lieben könnte. Unruhig steige ich früher aus. Rutsche ab in das Dritte Arrondissement. Sonne durchfließt die Straßen, hat mancherorts schwarze, glänzende Spiegel ausgelegt, dort, wo man gerade den Asphalt notdürftig repariert. Ich strande in einem unbekannten

Stadtviertel. Alte Bilder nehmen mir das Ruder aus der Hand. Der Geruch aufgeweichten Teers weckt Passagen aus der Kindheit auf. Typische Jungenspiele. Barfußlaufen, das uns auf der Straße verboten war. Eine Waldgegend. Im Dickicht ein Fuchs, der mir bei meiner ersten Annäherung an Marielle, allererste Liebe mit blauweiß gestreifter Bluse, keine Chance lässt. Sie ist von ihm hingerissen. Der Fuchs starrt versteinert. Wir starren versteinert. Erst im beginnenden Regen löst er sich auf.

Ich bin Stunden gelaufen, weiß nicht, ob die Blasen an den Füßen von meinen Gedanken oder vom Pflaster kommen. Die Begegnung mit Séverine hätte Baudelaire veranlassen können das Gedicht *A une passante** zu schreiben. Ich statte sie mit den Merkmalen der flüchtigen Passantin aus. Schon fürchte ich, sie könnte zu groß für mich sein. Daher reduziere ich sie in meiner Vorstellung um einige Zentimeter. Sie ist schlank, trägt an einer unbestimmten Trauer. Die Beine gleichen denen einer Statue. Edel setzt sie den Fuß ... Wahrscheinlich arbeitet sie in einem Reisebüro, bei einem Arzt, oder studiert Pharmazie. Ich sehe sie an Plätzen, die ich nicht kenne, glaube alles über sie zu wissen. Straßen, in denen sie auftaucht, tragen ganz selbstverständlich ihren Namen. Ich will mir Gewissheit verschaffen, dass Séverine so ist, wie ich sie sehe. Doch wo ist sie? Als ich ins Zimmer zurückkehre, spiegelt sich Abendsonne in den Scheiben gegenüber, sonst ist alles ziemlich unklar. Ich muss Jean-Marie anrufen, der immer Hemingway imitiert, erwähne aber schließlich nichts von dem, was mich verwirrt.

Gegen drei Uhr heute Morgen habe ich das Haus verlassen. Die Höfe sind noch schwarz und unmündig. Ihre Öffnungen von naiver Gewalt. Die starre Körperlichkeit mancher Straßen erschreckt mich. Verdeckt mit Planen, warten Obstkarren auf die Rückkehr der Händler gegen sieben. Einige sind kahl. Ihr Stangengerippe zeichnet sich geräuschlos auf Häuserwände.

Torbögen scheinen sich zu bewegen. Ihr steinerner Atem geht ruhig. Links und rechts hämmern Träume. Dieser Atem scheint weiterzuleben.

Neben weißgrauen Kaminen öffnet sich ein Laden. Eine Hand drängt Vorhänge beiseite. Die Frau scheint traumlos. Wir fixieren uns. Längere Zeit bleibt sie bewegungslos. Ein Laut streift sie wohl aus der Tiefe des Zimmers. Vier Bäume. Der kleine Platz. Durch vier Kronen schwarzen Laubs sickert der Ton einer Gitarre. Blassmilchig schimmern fünf Kuppeln auf mühelosen Armen, bescheinen den Platz. Die Nacht als Flüssigkeit. Über zwei Steinbüsten huschen Lichtfetzen. Ein staubiges Glas mit Goldwappen in einem ebenerdigen Fenster. Es wird Morgen. In verstiegenen Ecken, den Zufluchten der Vögel, nisten noch Schatten. Händler kleiden selbstvergessen die Gestänge vor meinem Haus. Aus der Bäckerei wallt Geruch nach frischem Brot. Ich mache mich auf den Weg zum Boulevard Raspail, wo ich einen Tageskurs habe.

Vor dem Eckhaus 15 Rue Royer-Collard türmten sich noch im Mai ausgebrannte Autowracks. Sonst ist fast nichts mehr zu erkennen, nur ein paar grobe Stellen im Straßenpflaster. Der Baguettestand hat die Revolution überstanden.

Kein Zweifel. Ich bin verliebt. Die Nadel wieder und wieder auf den Beginn des letzten Satzes setzen. Adagio lamento. Den Ton herabdrehen. Wie damals. Die Grafik rauchender Dochte. Aber jetzt geht es um Séverine. Ich habe von dir gelernt, dass wir alle und immer ersetzbar sind, Joséphine. Dann warst du für einige Zeit auf dem Land. Provinzschule. Daran ging kein Weg vorbei. Die Straßen waren großzügig versilbert. Die vage Möglichkeit, dich anzutreffen. Bahnhöfe mit schwerfälliger Poesie. Vor der trostlosen Kleinstadt, die ich seither meide, hielt der Autobus, die Räder in Ketten. Das einsame Haus schwankte. Ich entdeckte mein Bild auf deinem Schreibtisch. Aber du sagtest, du seiest ersetzbar und mich gäbe es nicht mehr. Einige Stunden im Bett und wieder sagtest du: Ich bin ersetzbar. Und du bist es auch. Bereits auf dem Rückweg, an der Haltestelle, schrieb ich bei Dunkelheit fast unleserliche Zeilen, rannte zum schwimmenden Haus zurück, warf sie in den Kasten. Damals habe ich dich das letzte Mal gesehen. Die Lichter des Busses, aus verwirrender Richtung, nahten in großen perspektivischen Verschiebungen. Durch erstarrte Felder, beinahe stürzend, den Schuppen erreichen, der den Haltepunkt markierte. Du bist unersetzbar.

Séverine hat mich verändert. September. In der Rue Madame ist fast alles beim Alten. Madame Bourgin sitzt im fernen Teil des Zimmers. Sie liest. Vor dem Fenster glüht ungebrochen der Sommer. Autos halten an. Jemand findet sich mit den Gängen nicht zurecht. Christiane betrachtet mich ernst. Madeleine brütet über scheinbar unlösbaren Aufgaben. Sie haben die Beerdigung einigermaßen verkraftet. Ihre Konzentration hat gelitten. Hin durch den Luxembourg-Park. Zurück durch den Luxembourg. Auf dem Rückweg auf Bänken unter Bäumen ausruhen. Mit einer Fremden ein wenig reden.

Freitag. Hin und wieder sieht Madame Bourgin herüber. Sie liest jetzt meine Gedichte. Da werde ich einiges zu erklären haben. Es kommt immer wieder vor, dass Leser alles was sie lesen dem Autor anlasten. Meine Augen ruhen sich auf Madames Zügen aus. Die Ringe unter ihren Augen machen sie eher noch anziehender. Sie wendet sich ab, ihre Augen gehen unruhig hin und her. Christiane ahnt nicht, dass das Ableben ihres Vaters in mancher Hinsicht keinen Verlust für ihre Mutter bedeutet. Sie wundert sich dennoch über meine seltenen Besuche.

'Du kannst doch so tun, als kämest du nur wegen meiner Mutter.'

Christianes Institut liegt in meiner Nähe. Sie fragt des Öfteren nach meinem Zimmer, wo sie ihrer Mutter unter ungünstigen

Umständen begegnen könnte, wenn die sich vorgeblich zu Einkäufen im Neunten Arrondissement aufhält. Ich werde das zu vermeiden wissen.

Der Herzschlag meines Zimmers. Denn das Zimmer hat einen Herzschlag. Im Treppenhaus stehen Essensgerüche von gestern. *Ein Brief für Sie, Monsieur.* Einer Reihe von Leuten hat man Einberufungen ins Haus geschickt. Ein Irrtum, ich bin mitten im Studium und vorher wollten sie mich nicht. Ein Brief. Diverse Stempel. Kalte Forderungen. Haben Sie sich unten genannter Kommission zu stellen. Kurz kommt es mir so vor, als habe ich nur vorübergehend, aus Mangel an Beweisen, in diesem Zimmer gelebt. Es wird einem schon mulmig. Ich werde das telefonisch klären. Einen so offensichtlichen Irrtum. Die Kriegslektüre wird wohl nicht damit zu tun haben.

Solange Sie studieren, Monsieur ... Und danach wird man Sie wohl kaum noch ..., außer zu einer kurzen Übung. Ich kann es tatsächlich telefonisch klären. Ein Irrtum. Ich bin stolz auf Frankreich.

Ende September. Bis auf zwei Besuche in ihrem Haus, bei denen der Notar anwesend war, habe ich Madame Bourgin nicht wiedergesehen. Die Beaufsichtigung der Töchter ist einer vorübergehenden Aussetzung unterworfen. Ihr Interesse an mir ist gleichwohl offenbar. Chantal würde ich vielleicht gerne manchmal treffen, doch ihre Naivität ist zu anhänglich. Meine Adresse werde ich nicht herausrücken. Ich hatte sie seit einiger Zeit nicht mehr gesehen. Hat Madame auf sie verzichtet, weil ihre finanzielle Lage noch ungeklärt ist? Das will ich nicht glauben.

Ich lese wieder. Seite 90, ein diffuser Kaffeefleck mitten auf der Seite.

'Heute Nacht überqueren wir den Fluss. Am Abend erreicht

uns Nachschub. Ein gegnerischer Graben wird genommen. Die Zahl der Toten ist erheblich. Das Bataillon wechselt aus der Reservestellung in günstigere Positionen jenseits des Flusses. Der Wald gewährt Tarnung. Von der Ebene aus ist das auf dem Berg gelegene N. zu erkennen. Mein Rücken schmerzt. An den Füßen gibt es zwei rohe Stellen. Zwei Männer kehren von der Patrouille nicht zurück. Minenwerfer werden an die Front geworfen, dem Bataillon zum zweiten Male Auszeichnungen verliehen. Alles Taktik. Es gibt kaum Zeit nachzudenken.'

Muss ich dieses Buch wirklich weiterlesen? Ich habe Hunger nach dir, Séverine.

Auf einen Zettel schreibe ich: Man kann es sich nicht aussuchen, wo man zur Welt kommt. Man kann sich aber dagegen wehren, dass das scheinbar vorgegebene Schicksal unausweichlich sein soll.

11.

Was Séverines Neuheit an Neuheiten früherer Begegnungen übertrifft ist bemerkenswert. Ich erkenne, ohne sie wirklich zu kennen, dass Séverine ausschließlich Séverine ist und sich mit niemandem überschneidet. Über ihre Person stelle ich mir Fragen. Die Verwandlung, die sie bewirkt, ist rätselhaft. Ich werde versuchen ihr zunächst gleichgültig zu begegnen und weiß, dass ich sie nicht wiedersehen werde. Doch eines Tages, Mitte September, wurde sie, keine zehn Schritte von mir entfernt, mit ihrem ersten Erscheinen identisch. Ihre Wirklichkeit büßte selbst aus geringer Entfernung nichts ein. Ich war ratlos, aufgeregt, zwang mich zur nüchternen Beurteilung meiner Lage. Doch der Reiz der Ausmalungen wuchs ins Unmaß.

Zehn Schritte. Keine Regung soll mich verraten. Ich hätte ja sonst ihre Bekanntschaft verscherzt und ein Spiel verloren. Später werde ich wohl versuchen sie durch offene Zuneigung zu gewinnen, oder wäre die kühle, ichbezogene Art besser. Darauf gibt es nie eine Antwort. Vielleicht genügt es, mich neben sie zu setzen mit einem Buch, denn Attitüden scheint sie nicht zu kennen.

Ich habe Séverine unter den Bäumen entdeckt. Im oberen Teil des Luxembourg-Parks, von wo aus man den Rücken der kleidverhüllten George Sand entdeckt. Sie liest. Hin und wieder überschreiten ihre Augen die Grenzen zwischen dem Fünften und dem Sechsten Arrondissement. Unmittelbar vor ihr ein Kind mit glänzendem, roten Ball. Das Kind wirft ihn unermüdlich über die eisernen, niedrigen Einfassungen, deren flache Bögen sich vervielfältigen. Nach jedem Wurf wendet es sich um. Noch kenne ich Séverines Namen nicht. Bloß nicht auffallen. Sie auf völlig unbegreifliche Weise *na hol ihn schnell* sagen hören.

Der Junge, etwa zweijährig, der in seinem Eifer aus dem Gleichgewicht gerät, hält die Arme hoch gereckt. Er beeilt sich, entwickelt dabei eine erheiternde Gangart, die an den Gehersport erinnert. Séverine wird Babysitting machen neben ihrem Studium, ihrer Arbeit. Gelangt der Ball zu weit auf den Rasen, erhebt sich ein ansehnlicher Schwarm Tauben. In wilden Bögen überfliegt er die Baumkronen, die er dabei zu schneiden scheint. Dann lässt er sich mit bremsendem Flügelschlag nieder. Die unvermutete Geräuschwolke erschreckt das Kind jedes Mal. Mit herabhängenden Armen bleibt es betroffen stehen. Dann, an seinen rosigen Fingern ziehend, artikuliert es das fragende Wort *Maman*. Der Geruch von Crêpes hängt dünn in der Luft, auch fehlt für einen Moment das selten unterbrochene Geräusch des fließenden Verkehrs.

Was mich erschreckt ist nicht die Möglichkeit, dass Séverine ein Kind haben könnte, sondern die Vermutung, sie müsse deshalb abhängig sein. Als habe man auf einen schönen Vogel mit der Absicht gezielt, ihn aus freiem Flug herabzuholen, ohne zu bedenken, dass er hierbei getroffen werden könnte. Die Ähnlichkeit mit dem Jungen lässt keinen Zweifel zu. Was mir jetzt jedoch einzig wichtig ist: Dort sitzt keine Fremde. Sie entspricht immer mehr meinem ersten Bild von ihr. Dort sitzt eine Vertraute.

Tage später erscheint mir Séverine noch weitaus mehr als eine völlig neue Schöpfung. Ätherisch schön, jedoch mit Bodenhaftung. Zwischen Freude und Trauer bewegt sie sich. Mein Körper erkrankt von einer zentralen Stelle aus. Aber der Herd ist schwerer zu lokalisieren als ein Ruf im Wald. *L 'amour*. Das ist ein sicheres Zeichen.

Natürlich klappt das erste Gespräch über die Bücher. Bücher sind ein gutes Motiv. Wir reden über Bücher und dabei ist es unvermeidlich, dass wir uns selbst offenbaren. Ich erfahre mehr über sie als sie über mich. Ich hatte Angst vor ihrer Stimme. Eine unpassende Stimme kann alles zerstören, auch ein Dialekt den man nicht erträgt. Das alles muss mich nicht beunruhigen. Das Kind ist zutraulich. Kinder sind ein ideales Thema. Zwingen muss ich mich nicht. Wir sehen uns bald alle zwei Tage 'um über Bücher zu reden'.

Séverine. Unter leichten Stoffen bewegt sich ihr heller Körper. Ich sehne mich bereits nach ihm, aber ich zeige es nicht. Die Verhüllung der Wünsche muss schließlich, sofern es bei ihr Sympathien für mich gibt, zu Veränderung führen. Wir reden viel. Ich bringe neue Bücher mit, spiele mit dem Kind. Manchmal hole ich an der Ecke der Rue Soufflot Crêpes oder Eis, oder wir essen was sie mitgebracht hat. Ich will unbedingt mit ihr schlafen. Es ist als habe sogar jede ihrer Bewegungen ihren eigenen Duft. Ich schaffe eine Atmosphäre, die Trennung zulässt, aber engere Bindung weitaus mehr begünstigt. Mich schmerzt, dass das Näherkommen so unmerklich vorangeht. Vielleicht unterbreche ich die Regelmäßigkeit unserer Treffen einfach! Sie kann nachdenken. Sie wird Raum für Sehnsucht haben.

Bisher ist diese Bekanntschaft nicht genau zu klassifizieren. Séverine würde mir sicher eine unverfängliche Freundschaft vorschlagen. Darauf würde es hinauslaufen. Darauf ziele auch ich ab, ich will sie ganz kennen und muss die Langsamkeit akzeptieren. Das ist günstig, obwohl es zunächst den Sex ausschließt, den ich mir seit der Busfahrt unablässig mit ihr vorstelle. Ich habe nichts davon erzählt, dass ich sie schon früher gesehen habe. Die Freundschaft, unterstützt mit Büchern, müsste schließlich zur Liebschaft führen. Ich wünsche mir ein Verhältnis, frei von konfliktreichen, erotischen Spannungen. Mit Worten und Berührungen würden alle Hemmnisse weggeräumt werden und später subtile Leidenschaft zulassen.

Séverine hat eine besondere Auffassung von der Ehe. Wir reden ganz allgemein darüber, kommen zu Maupassant, Colette, zu Sartre und Modiano. Verlieren will sie mich nicht, das kann man riechen und so wird ein Kompromiss gefunden werden. Sie wird mich schließlich, um diese Freundschaft zu rechtfertigen, in ihr Haus einladen. Immer mehr gehen wir in den Text von *Madame Bovary*. Manchmal erscheine ich einfach nicht. Anfänglich hält sie mir dies nicht vor, bittet mich aber bald, unverdiente Strafen einzustellen. Es kommt zu dem erwarteten Bündnis. Ich leiste zunächst Verzicht auf körperlichen Besitz, von dem noch gar keine Rede war. Séverine gehört mir.

Es scheint, es gibt so etwas wie das Aufbrennen der eigenen Absicht auf die Haut des Anderen. Wir flüchten gemeinsam in schöne Texte, aber immer wieder greift sie zu *Madame Bovary*. Sie ahnt, dass das Einsperren der Liebe, der wahren Natur, durch einen ungeliebten Menschen und sich selbst zur Katastrophe führen muss. Sie bittet mich unvermittelt an einem bewölkten Nachmittag ihr Zeit zu lassen. Dieser Satz kehrt seither immer wieder, ohne dass ich sie dränge. Gérards Argwohn erweckt sie nicht. Gérard ist ihr Mann und in einer technischen Welt sehr beschäftigt. Tage später erreicht mich eine Einladung in ihr Haus. Vorher sucht sie mich noch auf, erschrickt zunächst über meine Wohnverhältnisse. Gleich darauf sagt sie: So frei möchte ich auch leben. Sie folgt mir zum Bett wie in Trance. Ihr unerwartetes Erscheinen versetzt mich in tiefe Unruhe. Sie wird mir keine ewige Liebe vorschlagen.

Ich kann überhaupt nicht bleiben, sagt sie, das Kind ist kurz bei einer Nachbarin.

In der erregten Atmosphäre, in der wir uns streicheln und weiter erregen, vereinbaren wir, dass wir alte Freunde seien, dass wir längere Zeit in der gleichen Straße gelebt hätten. Ich muss mir das alles genau merken. Sie richtet sich auf. Dass ich jetzt in Paris studiere, dass wir uns zufällig getroffen hätten ...

Ihre Bluse hängt lose über ihren Schultern. Ihre kleinen, nach außen gerichteten Brüste frösteln. Sie steht auf. Sie knöpft die Bluse zu. Aber wie sie es macht! Ich möchte, dass sie es wiederholt. Sie lächelt und schüttelt den Kopf, will etwas sagen, schüttelt den Kopf ganz sanft. Sie geht zum Waschbecken, wo sich ihre Hände zunächst nicht orientieren können. Sie steht da, den Kopf weit nach hinten, sieht dann in den Spiegel als müsste sie dort eine Unbekannte finden, atmet durch. Im Spiegel erscheinen ihre Hände, die das lange Haar beschwichtigen. Einen Moment lang beobachtet sie sich unbewegt. Über den Augenlidern liegt ein zart geschminkter Himmel.

Dass wir alte Freunde sind ... wiederholt sie, dass ...

Das alles geht in einem langen Kuss unter.

Später, im Laufe einer Unterhaltung in ihrem Haus, werfe ich einmal ein, dass ich als Junge in Séverine verliebt gewesen sei, dass sie aber für die kindliche Art ihr nachzustellen keinerlei Interesse gezeigt habe. Diese Jugenderinnerungen kommen für Séverine völlig überraschend. Gérard versucht sich das alles vorzustellen und ist wegen meines frühen Misserfolges äußerst vergnügt.

So kenne ich ihn gar nicht, flüstert Séverine.

Schließlich stimmt sie in Gérards und mein Gelächter ein. Sie begreift, dass dieses gemeinsame Jugenderlebnis uns größere Vertraulichkeit gestatten wird. Sie meint schmollend vor Gérard, dass ich diese alberne, alte Geschichte doch nicht hätte preisgeben dürfen, was zu noch mehr Erheiterung führt. Ich fühle, wie sich Séverine fügsam verändert.

Es ist ein unschätzbarer Vorteil, dass ich Séverine nicht erfinden muss, dass ich sie nicht aus einer unbekannten Wirklichkeit zu holen habe, um sie mit Charakteristika auszustatten, die sie erst möglich machen. Ich muss daher auch nicht darüber nachdenken, ob man Erfundenem misstrauen soll oder nicht.

Ich beschließe am Abend zu lernen bis ich umfalle. Im Laden des Parterres besorge ich mir einen Salat, ein fertig gewürztes

Schnitzel. Als ich den Schlüssel ins Schloss meines Zimmers stecke, kommt aus dem hinteren Flur Madame Bourgin, drängt mich ins Zimmer. Ihr Gesicht ist rot und ihre Augen sind merkwürdig hungrig. Komisch, am nächsten Tag hatte ich sie besuchen wollen, ebenfalls hungrig.

Komm, schnell, sagt sie, ich werde nicht reden und du wirst nicht reden. Wir werden nie über diese Dinge reden.

Sie streift fast alles ab, schneller als man folgen kann, entkleidet mich ebenso schnell, zieht mich aufs Bett. Es ist als wolle sie, dass ich ganz in ihr verschwinde.

Mein lieber Junge, sagt sie immer wieder. Mein lieber Junge.

12.

Am Wochenende erscheint Séverine plötzlich bei mir. Samstags arbeitet sie nicht in einem Archiv der Sorbonne, wohl aber montags bis freitags von halb neun bis halb eins, wenn der Junge im Kindergarten ist. Gérard ist mit dem Kind zu den Großeltern nach Meaux gefahren. Sie hatte Handwerker, die bereits am frühen Nachmittag mit ihrer Schwarzarbeit fertig geworden waren. In ihrem schwankenden R4 verlassen wir Paris über Le Vésinet. Es ist Anfang Oktober und heiß wie im August. Die Seine scheint gefärbt mit hellem Staub. Hinter uns schwimmt Paris. Überall Spaziergänger mit verfrühtem Sonntagsgefühl. Neben mir, im Gras, Séverine, den Arm schwarz gegen die Sonne. Bei Saint-Germain-en-Laye fanden wir am Fluss einen einsamen Grasflecken mit Bäumen. Die ungewöhnliche Hitze verzerrt ferne Häuserumrisse zusätzlich. Wie ein Feld willkürlich von Kinderhand aufgeschichteter grauer Kartons, die ineinander fließen, liegt das Monstrum Paris beinahe unschuldig im Dunst.

Unter grünen Schatten erhält Séverines Gesicht eine Chlorophyll-Lasur, als sei sie in einem friedlichen Jenseits. Das was mich immer reizte fehlt und reizt mich deshalb. Mühsam schiebt sich ein Schleppkahn unter den tiefliegenden Nachmittag. Auf Deck kein Mensch. Séverines langes, braunes Haar fällt jetzt nach vorn.

Schuhgröße 37, sagt sie lachend, während sie den rechten Leinenschuh ausschüttet.

Wir betreten ein Gartenlokal, das ziemlich bekannt ist. Rechts ein kleiner Park. Beim Eintauchen des Lichts in den Fluss entstehen farbige Brechungen in einer kühlen Schicht. Madame Bourgin. Es ist wie Explosion in der Stille. Einige Tische entfernt ist ihr Gesicht halb verdeckt von einem schräg gestellten Sonnenschirm. Christiane und Madeleine sind mit einem Eisbecher beschäftigt. Madame hat sich in ein Modejournal vertieft. Über angrenzende Tische hinweg errate ich den Namen ihres Parfums. *Madame Rochas.* Meine Mutter benutzt es seit Ewigkeiten. Hin und wieder schaut sie auf, um oberflächlich Neuankömmlinge zu begutachten. Neben Christiane ein blonder, junger Mann im gleichen Alter.

Ich nehme Séverines Hände, vertiefe mich in ein heiterverliebtes Gespräch. In dieser alltäglichen Pose will ich der Aufmerksamkeit Madame Bourgins entgehen. Es riecht nach Gras und Kuchen. Wenn die Bourgins gehen, müssen sie an uns vorbei. Wir sitzen erhöht, auf einer in den Garten verlängerten Terrasse. Séverine ahnt nichts, sie spricht über das Kind. Eine ziemlich schreckliche Zeit, als der Kleine beinahe an Keuchhusten starb. Gérards Gleichgültigkeit, seine Sorglosigkeit, das maßlose Vertrauen in einen unfähigen Hausarzt, den seine schwierige Familie 'schon immer gehabt hatte'.

Madame Bourgin blättert gelangweilt in zwei Magazinen. Bei jeder größeren Bewegung sieht sie auf. Die Mädchen sprechen kaum mit dem jungen Mann. Vielleicht ein Cousin? Séverine verschwindet schnell im Inneren des Lokals.

Ich bin gleich zurück, sagt sie. Ich mache mir Sorgen, – sie beugt sich herab – , du krempelst mich ganz schön um.

Madame Bourgin bezahlt den Kellner. Ich versuche in eine andere Richtung zu sehen. Doch Familie Bourgin bleibt am Tisch stehen. Ganz allein?, fragen Madames Augen.

Sieh mal an, sagt sie tatsächlich.

Die Zufälle, sage ich einfältig.

Sie lächelt, als wolle sie sagen, ich wusste gar nicht, dass Sie diesen hübschen Ort auch kennen. Normalerweise kein Studentenlokal.

Ja, also, höre ich mich schon sagen, um das nötige Stichwort zum Aufbruch zu geben.

Aber sie bleibt stehen, spricht ausführlich darüber, wie sie zum ersten Mal von diesem Platz erfahren hat.

Es ist eine richtige kleine Geschichte, wissen Sie!

Jung, heiter, unbefangen, erscheint jetzt Séverine, sie küsst mich flüchtig. Ich stelle sie vor, sage Séverine, vermeide das Wort Madame. Man mustert sie mit langen Blicken. Madame Bourgin ist ein wenig blass geworden. Zum ersten Mal erkenne ich eine Anzahl neuer Falten. Christiane hängt sich übertrieben bei dem blonden Jungen ein.

Sie gehen. Christiane sendet mir verhangene Blicke nach. Madeleine blättert die ganze Zeit in einem kleinen, roten Notizbuch. Madame Bourgin reicht mir herausfordernd die Hand, sie nennt mit großer Wärme meinen Vornamen. Fügt hinzu, dass ich sie vernachlässigt habe.

Séverine ist unempfänglich. Sie erwähnt die Begegnung später mit keinem Wort. Doch ich erkläre, dass ich Madame Bourgins Töchtern gelegentlich Nachhilfe gegeben habe. Der vermutete Mitschüler lehnt jetzt gelangweilt an einem Baum, während Madame Bourgin hinter der Hecke den Wagenschlüssel sucht. Der Nachmittag bleicht aus. Madame Bourgin trägt keine Trauerkleidung mehr.

Schatten lagern in der Landschaft, wie an den Rändern ausgewaschene Kleidungsstücke. Ich fahre den Wagen zurück. Diese Gangschaltung bringt mich noch um. Ich schwöre, nie ein solches Auto zu fahren. Séverine lacht, sie ist tief in den Sitz gerutscht, die Knie dicht vor dem Armaturenbrett. Ich lasse meine Hand zwischen sie gleiten, fixiere die Straße, fühle Séverines warme, trockene Schenkel, die sich leicht öffnen. Es ist, als wenn ihr kleiner Hügel atmet. Ich bitte sie bei mir zu bleiben, bis zum anderen Morgen. Aber sie fürchtet das Treppenhaus, die Karawane der Vermutungen. Die Geschwätzigkeit in dem Gebäude mit Gartenhof ist groß.

Es ist ein wenig wie auf dem Dorf, sagt sie, man würde es

Gérard schon unterschieben, ich muss zu diesem Zeitpunkt sehr vorsichtig sein. Ich komme in der Woche vorbei.

Wir kehren in den Sog der Stadt zurück. Ich fühle wie er Séverine langsam in Beschlag nimmt. An der Ecke der Rue de Val-de-Grâce, in der sie wohnt, verabschieden wir uns schnell. Sie wechselt auf den Fahrersitz, sieht sich nicht mehr um. Je näher wir ihrem Haus kamen, desto unruhiger wurde sie, als zöge sie jede Fassade ein Stück weiter in ihr Alltagsleben.

Mein Zimmer erreiche ich in 20 Minuten. Ich erwarte das olivfarbene Licht auf dem Tisch mit Erregung. Fünf Stockwerke. Ausgetretene Zementstufen. Eile. Ich suche den Schlüssel. Joanna, mein Gott! Von unten die Stimme der Patronin.

Ich habe mir erlaubt, Monsieur ...!

Joanna mit zwei Koffern.

Monsieur, wenn Sie jetzt ein größeres Zimmer ...

Ich erschrecke bei dem Gedanken, dass sie bleiben könnte, erkläre mein Erschrecken mit Müdigkeit.

Entschuldige, ich studiere Tag und Nacht ...

Joanna ist mit London verknüpft, wo ich gelebt habe. Schüleraustausch, sieben Jahre her. Sie ist wie früher burschikos. Zwei Tage später nimmt sie den Zug nach Spanien. Wir versuchen miteinander zu schlafen. Aber es funktioniert nicht. Jeder geht gedanklich seine eigenen Wege. In einem Restaurant am Boulevard Diderot, wo sie heimlich einen verheirateten englischen Freund trifft, mit dem sie in Urlaub fährt, erhole ich mich bei einem guten Essen. Mein Budget für diese Woche liegt mir jetzt schwer im Magen.

13.

Als ich eines Abends, während sie auf dem Sideboard den Punch zubereitet, Séverines warmen, beweglichen Körper neben mir spüre, scheint mir der Reiz der Berührung übersteigert. Das suggeriert mir, diese Geschichte müsse bald zu Ende geführt werden, wo sie doch gerade erst begonnen hat. Ich bin beunruhigt, habe das Glück und das Pech, dass Séverine verheiratet ist. Hätte sie denn bindungslos meine unbewusste Auffassung von Freiheit überhaupt beeinträchtigt? Ich kann das nicht entscheiden. Und deshalb halte ich meinen jetzigen Zustand trotz der Unruhe für den besten.

Warum schreiben Sie Gedichte?, trifft mich Gérards Frage unvorbereitet. Frankreich ist doch voll von Schreibern.

Gerade diese Frage hätte nicht kommen dürfen. Sie ist der Albtraum aller wahren Schriftsteller. Er hätte mich auch fragen können: Warum waschen Sie sich? Ich antworte etwas ausweichend, sage etwas von Obsession und ein paar Dinge, die immer stimmen können. Er sagt ganz unvermittelt:

Meine Frau hat eine literarische Sinnlichkeit, die ihr gefährlich werden kann.

Er sagt es bitter-süffisant, hört dann eher teilnahmslos auf den Nachhall der eigenen Worte.

Literarische Sinnlichkeit, sage ich, ist ganz ungefährlich, machen Sie sich keine Sorgen, sie ist eher heilsam für den, der sie hat und für Sie, Gérard, kann sich daraus nur Positives entwickeln.

Aha, sagt er, und sieht Séverine an, aha.

Mit mir bringt er offenbar die Gefährlichkeit gar nicht in Zusammenhang. Es scheint, als hole er sich lediglich Rat.

Ein anderer Tag. Gérard ist noch nicht zu Hause. Es hat sich so entwickelt, dass ich Séverine nachmittags manchmal besuche. Ich blättere mit ihr in einem Buch. Sie hat es aus einem Regal genommen, das eine offenbar überflüssige Tür verkleidet.

Hier sind viele Türen unbenutzbar, sagt sie müde. Mir geht es mit Gérard nicht gut, schiebt sie nach. Ich bin wie dieser Band Éluard zwischen all den trostlosen Kapiteln da. Meine Bücher sind noch nebenan abgestellt, seit wir vor einem halben Jahr hier einzogen.

Ich nehme ihr Gesicht in beide Hände, lese einen Satz von Éluard aus dem Kopf. Sie hört zu, wir beide schauen auf den in eine Ecke gebauten Kamin.

Er funktioniert, sagt sie. Einiges funktioniert sogar in diesem Haus. Die Dinge funktionieren. Gérard ist irgendwie grausam, auf schwer erklärbare Weise. Grausam in dem Sinne vielleicht, dass er immer wieder festlegt, wie die Musik dieser Familie zu spielen hat. Das klingt dann wie die Musik seiner Familie, in der sich alle etwas vormachen. Als der Junge kam, war das noch nicht so offensichtlich. Manchmal wäre ich dankbar, wenn er mich wenigstens hasste. Aber auch das gelingt ihm nicht. Er glaubt mich zu lieben.

Ich halte Séverine fest. Kein Denken daran, dass die Sache zu Ende gebracht werden könnte. Sie braucht mich. Wir geben uns der Vorstellung hin, wir seien uns tatsächlich schon viel früher begegnet, und vergessen, dass Gérard bald nach Hause kommen muss.

Séverine lässt sich meine Zärtlichkeiten gefallen, beantwortet sie in der gleichen, intensiven Weise. Unter dem Kleid hat sie fast nichts an. Ist sie absichtlich so leichtsinnig? Durch das hohe Fenster fallen melancholische Atemzüge des ausgehenden Tages. Ein Geräusch aus dem Hof zerteilt die Gedanken. Wir sind etwas vorsichtiger. Schon stehend, Séverines Hand in meinem Haar, hören wir hinter uns das plötzliche Ausbrechen eines ganz gewöhnlichen Lachens.

Macht er dir wieder aussichtslose Anträge, so wie damals? –

Wirklich gut und so echt! – Séverine verharrt am Sessel, dreht sich dann wie ein Kind, das schon Stunden vor den Eltern wach ist. Sie begreift, dass meine Erinnerungen sich nützlich ausnehmen.

Und du hilfst ihm dabei, sagt Gérard wie in einem Nachtrag.

Ja, mein Lieber, er kann es nicht lassen, und das, obwohl er doch diese reiche, ältere Freundin hat, die er verehrt, zwinkert sie mir zu. Trotzdem warst du geschmacklos. Am Theater gibt es ein paar Regeln. Eine davon ist, dass man keine Vorstellung stört. Wir alle lachen.

Vor dem Essen verabschiede ich mich. Aus dem Nebenzimmer kommt die Stimme des Kindes. Irritiert sieht Séverine mir nach, als käme ich nicht wieder. Ich sehe mich kurz um. Ihre Hände verbergen das Gesicht. An der Ecke der Rue Gay Lussac kaufe ich Obst und verschiedene andere Lebensmittel. Vor mir sagt eine Frau mit bewegter Stimme zum Verkäufer:

Aber Monsieur, Sie wiegen ja wieder nicht richtig. Seit Jahren wiegen Sie nicht richtig. Ich kann nicht mehr gut gehen, ich muss hier kaufen. Das nutzen Sie schamlos aus. Diesen Korb nehme ich gratis mit. Das ist nicht mehr als recht.

Der Verkäufer reagiert nicht, reißt eine Papiertüte ab. Ich nehme noch zwei zusätzliche Orangen und lege sie der alten Frau in den Korb.

Sie hat recht, nicke ich.

Rue Laplace. Noch habe ich kein Licht gemacht. Meine Hand spielt mit dem metallenen Schalter. Sie nimmt Widerstand wahr, während die Augen den rechteckigen, gegen die Wand gelehnten Umschlag erkennen. Das Licht einer Laterne aus der verschatteten Länge des Hofes durchdringt den Vorhang, färbt die Wand schwach rot. Die breite, mit starken Abstrichen geführte Handschrift trägt Madame Bourgins Gestalt ins Zimmer. Das Blau der Tinte ist in diesem unbestimmten Licht schwarz geworden. Noch immer lehnt der Brief da während ich esse. Ich betrachte ihn vom Fenster aus. Es regnet leise auf die nahen Zinkdächer, die warm-feuchten Geruch nach Staub und Sonne abgeben. Vermutlich werde ich nun das Haus mit den beiden Säulenfiguren am Portal nicht wiedersehen, den Balkon mit dem Buntglas, die schmiedeeiserne Tür.

Ich reiße den Brief auf. Madame Bourgin schreibt mir kühl, dass die Nachhilfestunden nicht fortgesetzt würden. In einem höflichen Antwortschreiben versichere ich sie der fortgeschrittenen Kenntnisse ihrer Töchter, die meiner Hilfe nicht länger bedürften.

Tief unten im Hof, hinter staubigen Fenstern, in einer geduckten Werkstatt, arbeitet spät ein Mann im Lichtkreis seiner Lampe. Für Momente wird sein lautloses Agieren an der Werkbank zum Zentrum aller Dinge. Mich überzieht Glücksgefühl wie Fieber.

14.

Ich glaube es war ein Montag im November. Während der Pause im Théatre des Champs Elysées, noch angefüllt mit der Ballettmusik zu *La fille de neige, Das Schneemädchen,* von Rimski-Korsakov, entdecke ich am Treppenaufgang Séverine. Aus irgendeinem Grund erscheint sie mir fremd. Ich folge ihr und ihrem Begleiter, den ich nur von hinten sehen kann, aus sicherer Distanz. Und dann ist es doch Gérard. Er hat, um sie zu leiten, seine Hand unter ihren rechten Oberarm geschoben. Er wirkt abwesend. Es enttäuscht mich, dass Séverine beinahe die gleiche Art zur Schau trägt, wie wenn sie mich trifft. Ein unbekannter Begleiter wäre mir jetzt vertrauter gewesen. Dass sie hier mit Gérard Séverine bleibt, macht mich ratlos. Es gibt eine Unbestechlichkeit, eine Zärtlichkeit, die den ganzen Menschen Séverine umfasst. Ich hätte mir die ganze Séverine in abgeschwächter Form gewünscht. Ich tauche unter in der Masse der Besucher. Die beiden sollen mich nicht sehen. Vielleicht werde ich es nie erwähnen. Ich werde zu Fuß nach Hause gehen.

Straßenlampen hinterlassen sorgfältige, helle Kreise auf dem Pflaster. Ich sage mir: Hier gehst du, ein Universum, das sich bewegt, deine Schritte sind fassbare Maße. Ich suche den stabilen Punkt in diesem Lebensmoor Selbst, das immer wieder schwankt. Die Karte habe ich geschenkt bekommen.

Nachtfarben steigen. Am Ende einer langen, schmalen Straße quillt ein Licht auf. Gelegentlich tun sich Fragmente aus untilgbarer Vergangenheit hervor. Ich begehe Irrtümer. Nur weiß ich nicht, ob es positive oder negative sind. Mein Vater sagt immer: Es gibt nur positive Irrtümer. Und meine Mutter sagt: Wir sind einerseits europäisch und andererseits sehr protektionistisch, wo ist da der Irrtum?

Gérard, der in Wirklichkeit Cyrill heißt und von Séverine Gérard genannt wird, weil sie den Namen Cyrill nicht ausstehen kann und sie Gérard Philipe verehrt, hasst mich inzwischen auf unbestimmte Weise. Da er mir nicht direkt misstraut, ich ihm zudem nützlich bin, sichert er mir in seiner Abneigung einen bevorzugten Platz. Dieser Platz bereitet mir Vergnügen und Unbehagen. Gérard lehnt mich ab, weil ich mühelos mit seiner Frau in Bereichen korrespondiere, die ihm unerklärlich sind.

Da ich bei ihr verborgene Neigungen unterstütze, sähe er mich am liebsten nicht länger in seinem Haus. Bliebe ich ausgeschlossen, hätte dies jedoch Folgen für ihn. Das eheliche Missverhältnis, von dem Séverine sagt, dass es bereits Substanz ist, würde weiter ausgebaut. Gérard bemüht sich deshalb, mich nicht zu verärgern, denn das subtile Gleichgewicht gilt es unbedingt zu erhalten. Wer war Séverine im Theater?

In angemessenen Abständen werde ich eingeladen. Er muss seiner Frau durch mich gewähren, was er nicht begreift. Das macht ihn gelegentlich müde und aggressiv. Dann wieder belebt es ihn. Dass wir uns zwischendurch sehen, ahnt er nicht. Bald erkennt er sogar eine Art Harmonie, die mich ihm unersetzlich macht. Später will er die Verluste allein abbauen; wer kann es ihm verdenken. Er glaubt sogar selbst die Ursache von Séverines schöner neuer Gelassenheit zu sein, redet neuerdings von seinem *psychologischen Sinn*. Seine Bemühungen wirken gleichermaßen hilflos und entschieden. Wir schmieden eine zuweilen peinliche Gemeinschaft.

Im Park, auf den man durch das große unverhüllte Fenster hinabsieht, verändert sich das Jahr. An kleinen Statuen rinnt Regen. Über schmale, symmetrische Wege gehen Windstöße. Graugrüner Rasen sammelt Wasser in seinem schwammigen Leib, auf dem Vögel nervös hin und herlaufen. Der kleine Park gehört zu einem Haus der nahen Parallelstraße. Das triste Tiefgrau kleiner, alter Frauen, die im Herbst über Friedhöfe schleichen, droht überall. Séverine zeichnet mein Gesicht mit den Fingern nach. Die Geräusche des Regens wirken fern und endgültig. Gérard kommt heute Abend nicht. Den Ballettabend erwähne ich nicht.

Séverine ist drei Jahre älter als ich, doch glaubt man unbedingt, dass sie jünger sein muss. Oft scheint sie zu schweben, immer mit einem Zeh noch am Boden. Jetzt gleiten ihre Augen über die Gegenstände, als sähe sie sie das erste Mal. Wir sitzen auf dem Teppich, starren ins Feuer. Das Holz biegt sich, sendet kleine Geräusche. Das Kind im Nebenzimmer singt. Séverine legt sich zurück, den Kopf zur Fensterseite. Der Schlüssel steckt von innen auf der Wohnungstür.

Gelegentlich tauchen ihre Schwiegereltern unvermutet auf. Einzeln, gemeinsam. Ich missfalle ihnen nicht wenig. Dicht neben mir geht Séverines ruhiger Atem. Volle Schultern unter dem sich öffnenden Kleid. Meine Hände gehen über ihre blasse Brust, die vom Feuer rosig auflebt. Auch ihre Schenkel fangen das unerhörte Licht. Meine Hände suchen sie, ihr Körper schwimmt. Hinter schwarzen Fensterkreuzen nur noch Himmel. Unser Atem steigt. Ihr Gesicht zeigt Sorgfalt und Erregung. Der Kopf dreht sich wohlig, die Augen bleiben geschlossen. Ihr Atem wird schneller, das Kleid zum roten Fleck neben uns. Ihre Beine umklammern mich ganz eilig und zittern da. Das Licht draußen sinkt tiefer. Wir kommen in ein schönes Gleiten, das über die Zeit hinweggeht. Die Zeichnung ihrer Lippen entspannt sich. Mein ganzes Ich entspannt sich. Auf unserer Stirn trocknet ein feuchter Film.

Als ich nach Hause komme, wartet ein vergessenes, kalt gewordenes Nudelgericht vom Mittag. Ich wärme es auf, suche nach einem bestimmten Gewürz. Ich habe noch ein wenig Käse, etwas Butter. Ein Glas Rotwein, Musik, das Buch muss endlich zu Ende gebracht werden. Unten auf der Straße hat sich der Tag beruhigt. Gegenüber brennt in letzten Fenstern noch Licht.

Ich habe Respekt vor Büchern, aber ich schließe nicht aus, dass ich dieses Buch irgendwann durch den Raum werfe.

Seite 116. 'Vom Turm der Kirche haben Granaten eine Seite abgerissen. Das Dach ist ausgebrannt. Die Zinkdeckung liegt im Innenraum und verdeckt den Altar fast ganz. Über dem Eingang schwankt ein Heiligenbild im Staub. In einem fensterlosen Raum ermatten die Paramente im Dreck. Tote werden nicht mehr gezählt. Der Weg zum Feldlazarett ist abgeschnitten. Ich habe daran gedacht die Truppe heimlich zu verlassen. Aber das ist unmöglich.'

Gegenüber meinem Zimmer reißt man seit Tagen ein Haus ab, das dem Mordhaus ähnelt. Die engste Stelle der Rue Laplace. Zusammenhänge kann ich nicht erkennen. Sonst müssten in dieser Stadt viele Lücken sein, zerfetzte Bezirke, wie von Krankheit zerfressen, wo aus Liebe Hass wurde.

Am Morgen nehme ich die Rue des Écoles, wie immer, auf dem Weg zu den Vorlesungen. Messingfarben hinterlassen auf Fassaden sanfte Flecken und ein schwammiges Beben. Ich denke ans Meer. Doch es ist November und die Prüfungen sind im Februar. In den Fluren der Sorbonne werde ich schönen Kommilitoninnen aus dem Weg gehen müssen.

Noch immer finden sich an einigen Wänden oder beschädigten Plakaten Sprüche vom Mai:

Die Fantasie an die Macht
Traum ist Wirklichkeit
Gewerkschaften sind Bordelle
Die Macht den Arbeiterräten
Vive la Commune!
Die Werbung manipuliert Dich

Nieder mit der Konsumgesellschaft
Lauf, Genosse, die alte Welt ist hinter dir her
Kunst existiert nicht, Kunst bist du
Miss deine angestaute Wut und schäme dich
Es ist verboten zu verbieten

15.

Ich hatte mir manchmal gewünscht, jede Liebesfähigkeit zu verlieren. Wollte endlich nicht mehr abhängig sein von dem Gefühl, verehren zu müssen, wollte rückstandslos alle Reize genießen können, ohne Preisgabe meiner selbst. Es mag scheinen, dass ich durch meine Erlebnisse egoistisch wirke, tatsächlich aber ist die größte Befriedigung für mich, Frauen zu verehren.

Erst dann kommt die körperliche Befriedigung. Unsensibel verfolgt, kann sie das unfassbare Netz der Erwartung dauerhaft beschädigen. Es ist so, dass manchmal die größte Faszination davon ausgeht, nicht auf der ganzen Linie zu siegen. Neugierig in den Vororten zu bleiben.

An einem der letzten schönen Wochenenden beschließen wir, Séverine, Gérard und ich, für zwei Tage aufs Land zu fahren. Gérard kennt ein kleines am Fluss gelegenes Hotel; er ist froh einen Einfall zu haben. Séverine will wissen, mit wem er schon früher seine Wochenenden dort verbracht hat. Sie freut sich auf die bevorstehende Abwechslung, gibt sich heiter, lässt mir beim Packen ihrer Tasche Zärtlichkeiten zukommen. Die Frage nach Gérards früheren Erfahrungen hat sie aus Übermut gestellt. Er, zur Untreue ebenso wenig fähig wie zu echter Zärtlichkeit, ist über die unverdiente Verdächtigung derart aufgebracht, dass unser Ausflug beinahe scheitert. Schließlich fahren wir los. Während der Fahrt spricht Gérard kein Wort. Séverine hat sich aus Trotz zu mir nach hinten gesetzt, summt ein Chanson von Jacques Brel, blättert in einer Zeitschrift.

Ob es dem Kind bei den Schwiegereltern gut geht? Die wissen nichts von meiner Begleitung, sonst würden sie wohl mindestens den Obersten Gerichtshof, den *Cour de Cassation,* anrufen. Séverine macht uns auf die vorbeifliegende Landschaft aufmerksam, legt Gérard hin und wieder eine Hand auf die Schulter, lobt seine Fahrweise, ermahnt ihn gleichzeitig nicht so schnell zu fahren, wobei sie sich eines Slogans des Verkehrsministeriums bedient. Gérard hat tatsächlich drei Einzelzimmer bestellt. Séverine gibt vor mehr als wütend zu sein, aber ich fühle dass sie innerlich lächelt.

Abends ziehen wir uns um. Ein älterer Herr mit unverhältnismäßig großem Schnurrbart mustert Séverine unverhohlen vom Nebentisch. An seiner Seite schwatzt eine bunte Frau unablässig unter ihrem bemerkenswerten Hut. Das Interesse des Mannes bemerkt sie nicht. Sie kann endlich reden. In karierter Jacke und Weste, mit blanken, rötlichen Wangen, auf denen lauter lila Äderchen sich verzweigen, hantiert er mit der Serviette, könnte von Balzac erfunden sein. Immer wieder wischt er Mund und Stirn sorgsam ab, als entferne er Worte seiner Frau, die kein Ende nehmen. Dabei hört er nicht auf zu kauen. Gelegentlich räuspert er sich heftig, kneift die Augen hinter einem ältlichen Brillengestell zu einem dünnen Spalt zusammen. Die Frau nennt ihn Maurice.

Gérard, noch immer beleidigt, sucht in der Karte stumm nach einem erfreulichen Menü. Mit farbigen Zeichnungen illustriert, erregt die Speisekarte Séverines besondere Aufmerksamkeit.

Der Kellner nähert sich inzwischen bedrohlich mit seinem Block. Séverine betrachtet und kommentiert die Zeichnungen hingebungsvoll. Ihre Gelassenheit hält an. Schließlich verschwindet der Mann erleichtert mit der Bestellung, nachdem er längere Zeit unseren Tisch umkreist hatte. Wir einigen uns auf einen leichten Weißwein.

In der Verlängerung des Raumes entfaltet sich populäre Musik. Séverine besteht aus einem einzigen Lächeln, macht uns auf verschiedene skurrile Gäste aufmerksam und behauptet, heute könne ihr selbst Kitsch nichts anhaben. Dann lobt sie Gérard dafür, dass er diesen Platz vorgeschlagen hat. Man spürt, dass sie die Frage nach frühen Liebschaften gern wiederholt hätte.

Aber warum Einzelzimmer?, flüstert sie.

Freiheit ist immer einzeln, zischt er.

Ein schmaler Junge in übergroßer, weißer Jacke, platziert Gerichte auf einem Réchaud. Beinahe hätte er die dünne Silberblechverkleidung zu Boden geworfen. Blut steigt bis in seinen diffusen Haaransatz. Mit flatternden Händen zieht er sich zurück. Die Spitzen seines Haares vibrieren in Gruppen. Vermutlich hat er heute Premiere.

Beim Dessert macht Séverine Gérard ganz unschuldig auf meine Hände aufmerksam. Sie vergleicht ihre mit Gérards, Gérards mit meinen, meine mit ihren ...

Findest du nicht auch, dass er schöne Hände hat?

Sie löst meine Fingerspitzen langsam vom Tischtuch ab. Ich lasse mich treiben, verhindere nichts. Meine Hand, in der Séverines untergegangen, die völlige Freiheit der Nacht vor Augen, dies alles verursacht mir subtile Erregung.

Er kann schließlich schöne Hände haben!

Einige Paare tanzen. Rückstände leiser Versprechungen mischen sich unter die Ekstase der Streicher. Ich sehe sich öffnende Kleider. Meine Hand wird feucht, liest ganze erotische Romane in ihrer. Untergehen. Diesem Blick Gérards entkommen. Jetzt hinausgehen. Das Anwesen prangt schwarzweiß auf dem Kopf der Speisekarten. Das möchte man umkreisen. Draußen gibt es den blau entzündeten Himmel. Mein Kopf kehrt in den Raum zurück. Stimmen. Staccati. Geschirr, das bewegt wird. Meine Hand ist heiß. Séverine presst die Finger nervös. Wie lange dauert das alles schon? Es sind meine Finger. Fetzen ihres plötzlichen Streites mit Gérard treiben im Raum.

Deine unerträglich poetische Seele!, ruft er plötzlich.

Er erhebt sich abrupt, starrt stumm auf die Hände, von denen eine erschreckt verschwindet. Gesichter wenden sich um. Gérard hat den Saal verlassen.

Auf dem Balkon, der die Zimmer ohne Unterbrechung verbindet, spürt man die kühle Kostümierung der Nacht. Hinter einer Aufreihung kleiner Inseln zuckt das andere Ufer. Auf der kriechenden Wasserfläche bebt ein Licht. Für einen Moment rückt mein Pariser Zimmer ins Bild. Ich sehe mich aus einem nächtlichen Bistro zurückkehren. Die graue Tapete mit monströsen Farnen erwartet mich. Unter diesem statischen Dickicht schlafe ich ein. Hier und jetzt kann ich nicht schlafen. Ob Séverine schläft? Ich habe nicht gewagt in ihr Zimmer zu gehen. Wir hatten noch in der Halle gesessen. Ihre neue Heiterkeit war wie ausgelaugt. Sie kam mir vor, als sei sie in einem fremden Land angekommen, in dem sie nicht bleiben konnte.

Ich will reisen, reisen, sagte sie.

Vielleicht musst du schreiben, sagte ich.

Später. Unten schiebt träge der Fluss. Dicht neben mir sehe ich unerwartet Gérard. Eingehüllt in einem Morgenmantel, der seinem Vater gehören könnte, hat er sich aus der Landschaft seines Zimmers gelöst, stützt sich auf das Geländer. Wir sprechen kein Wort. Unter uns, auf dem Kiesweg, ein Wimmern. Preisgegeben von der Dunkelheit, erscheint eine Frau. Sie nähert sich dem Fluss. Ihre Bewegungen sind jung. Das muss Séverine sein. Durch das stille Treppenhaus, in dem wir einigen Lärm verursachen, erreichen wir sie, schon im Wasser. Triefend wehrt sie sich zwischen uns, verhüllt den Kopf vehement in ihrem Bademantel.

In Gérards Zimmer legen wir die Erschöpfte aufs noch unbenutzte Bett. Eine Fremde. Barfuß. Es ist nicht Séverine. Nein, sie sei allein, sie wolle nur schlafen. Die nassen Sachen verschwinden im Bad. Schnell schläft sie ein. Wir warten schweigend in der Dämmerung des Zimmers. Die fremde Verzweiflung steht in den Ecken. Als Gérard im Sessel einnickt, sehe ich schnell nach Séverine. Sie schläft tief. Die Balkontür ist offen. Ich schließe sie, damit Gérard nicht zu ihr gelangen kann. Ich schließe ihre Tür ab, schiebe den Schlüssel nach innen. Im Treppenhaus glimmt dunkel das Notlicht.

Seltsam, wir bringen eine uns völlig fremde Frau aus dem sicheren Abseits zurück, während eine andere, die wir beide zu lieben glauben, zwischen alle Stühle gerät. Gegen Morgen bringe ich die Frau in ihr Zimmer. Das einzige, was Gérard im Verlauf dieser Nacht noch sagt, ist, dass im Grunde jeder das Recht auf den eigenen Tod habe. Es sei eigentlich brutaler ihm diesen streitig zu machen als ihn zu begünstigen. Beinahe ist er mir sympathisch.

16.

Am unteren Ende der Rue L'Homond treffe ich auf dem kleinen Platz kurz Jean-Marie bei einem Kaffee. Das *Malini* hat wieder geöffnet. Hier tobte im Mai der Aufstand, da war es verbarrikadiert. Kein Pflasterstein blieb auf dem anderen. Die Bilder kannte man nur vom Krieg. Jean-Marie will das Studium hinschmeißen; der Aufstand habe schließlich nichts bewirkt, wütet er, der sein Zimmer zur Zeit der Tumulte kaum verließ.

Du hast es doch schließlich mit Hemingway, sage ich, hättest du nicht wie er als Kriegsreporter mitten im Geschehen sein müssen?

Da steht er auf und geht davon. Den Kaffee bezahle ich.

Séverine telefoniert neuerdings des Öfteren mit einer gewissen Germaine. Ich kenne sie nicht und sie macht mich aus diesem Grund neugierig. Séverine spricht mit ihr in vertraulichem Ton. Germaine scheint jung zu sein, irgendwie unfassbar. Nichts deutet darauf hin, wie lange sie sich schon kennen. Séverine sagt lediglich, wenn sie den Hörer auflegt, als müsse ich sie kennen: Das war Germaine.

Während ich herumrätsele, warum man sie mir vorenthält, beginne ich ganz selbstverständlich von ihr zu sprechen. Ich suche alles Mögliche über sie zu erfahren, tue so, als sei sie mir bekannt. Seltsam ist, dass meine hypothetische Kenntnis niemanden wundert. Einmal höre ich in der Nähe des Telefons die Melodik ihrer Stimme. Die Abfolge der Klänge, ihre ganz besondere Charakteristik, durchfährt mich. Ich öffne mich einer körperlosen Person. Mehrfach dränge ich Séverine Germaine einzuladen. Durch unbegreifliche Gesetzmäßigkeiten ergibt es sich aber, dass diese Idee trotz meiner Hartnäckigkeit keine Erörterung findet.

Was denkt Germaine eigentlich über unsere Geschichte, frage

ich beispielsweise, ihre Ehe ist ja wohl in Ordnung?!

Germaine ist doch nicht verheiratet.

Ah ja, hatte ich vergessen, aber das kann ja so sein wie eine gute Ehe. Wo wohnt sie noch?

Immer noch im Vierzehnten Arrondissement.

Im Vierzehnten also.

Ja, im Vierzehnten.

Ich habe auch die Straße vergessen, die Hausnummer.

Das macht nichts, sagt Séverine.

Das Thema hat sich nun erledigt. Mehr zu fragen, hart-näckiger auf Straßennamen und Hausnummern zu beharren, hat keinen Zweck. Schließlich will ich nicht, dass Séverine mir entgleitet. Sie hingegen entgleitet Gérard mehr und mehr. Doch nicht auf die herkömmliche Weise. Deshalb bemerkt er es auch nicht. Er ahnt nicht, dass Séverine für ihn bereits verloren ist, ist noch von Gefühlen überzeugt, die sie unauflöslich an ihn fesseln sollen. Er glaubt in seinen Vorstellungen, dass sie sich tatsächlich auf ihn zu bewegt, während er doch im Spiegel seiner Worte erkennen müsste, dass sie sich entfernt. Würde er etwas sehen, dann würde ihn die Doppelwahrnehmung von vermeintlichem Kommen und Entfernen wohl vollends verwir-ren.

Zurückfinden in mein Zimmer, unter die Farntapete. Den Mann in der Tiefe beobachten, der dort glücklich zu sein scheint, als ende die Welt gleich außerhalb seiner Werkstatt. Der Weg von der Rue du Val-de-Grâce zur engen Rue Laplace erscheint mir heute viel zu weit.

Tendenzen des Romans nach 1945. Ich blättere, ich setze mich. Ich erinnere mich. Nicht nur vor 1945 findet man Beweise dafür, dass Schriftsteller vorzugsweise aus der Distanz lieben. Sie lieben angeblich ungefährdeter und echter. Ich jedenfalls will die Zeit überstehen ohne ihre Züge anzunehmen.

Mein Zimmer schwebt. Die grauen, monströsen Farne der Tapete kommen herunter. Mein niedriger Blutdruck macht mir zu schaffen. Einen Kaffee. Ein Löffel Zucker. Ein Stück Brot mit Käse. Ein Glas Rotwein. Vorbeugend.

Es kann nicht sein, Joséphine, dass dein Körper nie wieder an meinem offenen Fenster lehnen wird, nicht im Dampf einer Teetasse vor der Sonne ausharrt, dass du nie mehr skeptisch herüberblickst und in dein alle Zweifel auslöschendes Lachen ausbrichst. Ich sollte ein Buch für dich schreiben. Doch wohin würde ich es schicken, wie würdest du es jemals lesen? Ich will jetzt meinen Kopf zusammennehmen, noch bevor die Farne in die Tapete zurückkehren. Noch ein Glas. Das wird mich aus dem Zimmer aussteigen, in menschenleeren Alleen landen lassen, in denen ich dich in einer hellen Sonnensequenz ablichten will. Du bist die Fußspur im Sand, die kein Meer wegwischen kann. Ich muss das Gleichgewicht der verschiedenen Entfernungen, die uns nun einmal trennen, endlich begreifen lernen.

Zwei Tage später setze ich mich hin und schreibe zwei Seiten. Aber es wird nicht so, wie ich es für Joséphine vorgesehen hatte. Es beginnt eher wie ein Film:
'Der Leser erwartet einfach nicht, dass der Mann von links ins Bild kommt. Er hat keine Erwartungen. Er sieht ihn plötzlich und weiß, er hätte von überall kommen können. Sagen wir also, dass der Mann von links ins Bild kommt. Dann sieht er aus dem Fenster. Das Fenster ist zufällig rechts. Also sieht der Mann nach rechts. Zufällig.
Sie hat sich neu verliebt, sagt der Mann. Ich bin ihr trotzdem Dank schuldig. Einfach weil es sie gab.
Er spielt mit dem Bleistift, der zufällig auf dem Schreibtisch liegt. Er spielt mit ihm, einfach, weil dort ein Bleistift liegt. Sonst ist da nichts. Hatte er nicht etwas von Liebe gesagt? Liegt es am Fenster, das da weiß an ihm saugt und ihn in irgendeine

Vergangenheit ziehen will? Das Fenster, das eben noch rechts war, ist jetzt links. Niemand wird das erklären. Darauf hat der Leser keinen Anspruch.'

Ich zerknülle das Papier, dessen Sätze sinnlos sind und was sollen sie an Joséphine ausrichten, die es schon lange nicht mehr gibt? Ich wende mich dem fordernden Alltag zu. Für ein Buch bin ich noch nicht reif.

Ich komme mit meinem Geld nicht aus. Ich hatte die Arbeit im Bistro unterbrochen. Nun werde ich wieder hingehen müssen. Meine Eltern geben mir so viel sie können. Auch meine beiden Geschwister studieren. All das beansprucht die Eltern schmerzhaft. Das vergesse ich nicht.

Es war Séverines Idee gewesen, das Kostümfest am Pont de l'Alma zu besuchen. Gérard zeigt sich auf heitere Art desinteressiert. Wir bleiben mit unseren Schminkvorbereitungen vor dem großen Spiegel allein, während er mit dem Kind spielt. Gérards Unbekümmertheit ist rätselhaft. Gerade in letzter Zeit erschien er besonders nachdenklich. Ein Fest mit so sorglosen Ansprüchen, wie ich es nie besucht oder vermisst hatte, ist mir nun begehrenswert.

Der Spiegel wirft das frivole Abendmieder Séverines zurück, das wie in fernem Puder ruht. Es scheint mir ungeheuerlich, plötzlich nicht mehr nach mir selbst zu handeln. Ein so unwegsames Fest zu besuchen. War das der plötzliche Ausbruch der Liebe, oder war Séverine ganz einfach Realität geworden, weil sie mich durch den Umstand ihrer Ehe und der Existenz ihres Kindes nicht bedrohte?

Séverine tönt mir das Haar mit einem dafür geeigneten Kamm. Eine Neuheit, wie sie sagt. Sie setzt mir einen roten Zylinder auf, drängt mich vor den Spiegel. Aus dem vibrierenden Lautsprecher wachsen überdimensionale Sevillanas. Sie tanzt, tanzt ... und wird eine ganz andere. Plötzlich brechen ihre Bewegungen jäh ab; sie lacht wie aus einem nicht einsehbaren Abseits. Der irre, klimpernde Schmuck, das verzerrte, erschöpfte Gesicht. Alles kommt jetzt heraus, was sie unterdrückt hat. Die Fremde ist vollkommen. Und in diesem Moment weiß ich genau, Séverine wird sich in mir auflösen müssen.

Sie zieht durch die Räume dieses Festes. Nähert sich, lässt mich zurück, trifft auf lose Bekannte. Unter dem Dunst, am Ende des Hauptsaals, redet sie aufgeregt mit einem weißen Phantom. Ein Empirekleid, Rüschen, Chiffon. Verborgene Fenster heben die Bahnen an. Musik schreit, bricht ein in die Falten. Die weiße Gestalt geht verloren. Ich renne, suche, verliere mich, Treppenhäuser, Gänge, Abstellkammern, ich überrasche unvorsichtige Liebespaare in abgelegenen Zimmern. Und Séverine taucht erneut auf am Arm eines sehr gewandten Tänzers. Ihre Gelöstheit, ihre Nachlässigkeit hätten mich freuen sollen, aber sie stoßen mich ab.

Es war Germaine!, ruft sie mir im Vorübertanzen zu, und entgleitet.

All das ergibt ein plötzliches Krankheitsbild, ich kann nichts dagegen tun. Es mag ungerecht sein. Auf Séverines Gesicht verwischt die Schminke. Sie ruft dem Taxifahrer etwas zu, streckt den Arm in den Luftstrom des Fensters. Sie ist mir fremd. An der Haustür bittet sie mich mit hinaufzukommen. Doch ich gebe ihr den roten Zylinder.

Langsam, sehr langsam während ich mich entferne, schwillt ihr Gesicht an, verfärbt sich vor Ungläubigkeit.

Du gehst weg, ruft sie, gerade jetzt, ich weiß es, und wieso? Als gingst du für immer, wieso ... ?

Sie schreit, doch man hört keinen Schrei. Es ist als sinke sie lautlos in den Flur ihres Hauses, als atme sie dort in einer stillen Lache aus Verzweiflung, die wächst und wächst. Aber da ist nichts.

Es ist aus, sage ich, ich kann es nicht ändern. Und ich muss tatsächlich heulen.

Ich biege ein in die Rue-Saint-Jacques, in ein Gefäß aus Nacht und Gezeiten, als könnte ich nur noch schwarzweiß sehen. Simse, späte Gesichter, einsame Autos, ungesicherte Schächte. Fallen. Aufstehen. Ich renne bei Rot. Gemurmel, graues Lachen, Passanten in Agonie. Das Panthéon drohend. Den kleinen Berg hinab. Rue Valette, Rue Laplace. Der kellerkühle Flur. Wie in der Rue Galande, wo ich früher wohnte. Die Rue Laplace, eine der ältesten Straßen von Paris und ähnlich schmal.

Die Zimmerfrau, fast in Trance, auf dem immer wieder verschobenen, nächtlichen Weg zur Toilette, rennt fast in mich hinein. Mit offenem Mund bestaunt sie mein Kostüm.

17.

Zuerst bringen sie weitere Stützbalken und eine Motorhand-
säge. Ein Haus, schräg gegenüber, gleicht nach kurzer Zeit einer
Festung, die sterben muss. Am Montag erscheint eine Handvoll
Arbeiter mit Spitzhacken und Stemmeisen. Pressluftbohrer
schleudern Sprachlosigkeit in leere Fenster. Große Planen bewegen sich wie Nomadenzelte. Die Erschütterungen lösen Kalk
an meiner Zimmerdecke. Ein Teil des Daches gegenüber ist in
darunter liegende desolate Räume gefallen.

Heute beende ich das Kriegsbuch. Nur noch wenige Seiten.
Während ich mich frage, warum mir diese Geschichte erzählt
wird, denke ich gleichzeitig, dass sie mir geholfen hat. Doch soll
das Buch nicht im Schrank bleiben, neben dem Brot. Obwohl
manche Bücher wie Brot sein können.

*Seite 149: 'Mit den Schüssen breiten sich grelle Klangnetze
aus. Fallen hinter den Scheiben des Notlazaretts verglühend
ins Gelände. Das Blut pocht. Auf dem Stuhl neben dem
Lazarettbett bietet gelbliches Papier seine Nacktheit an. Doch
was kann ich darauf schreiben. Ich habe nichts mehr zu sagen.
Überall riecht es nach Chloroform. Die einzige Schwester blickt
eine eintönige Runde. Hier gibt es kein kindliches Licht mehr.
Mein inneres Haus ist die Kälte, die die Gedanken zäh macht.
Ich bin schlaflos.'*

Obwohl fast wach, greift ein schrecklicher Traum nach mir.
Ich will dieses Buch nicht in mich hineinlassen.

*'Ein Mann, erstickt im Schlamm der Straße. Er hatte sein
Kind nicht mehr erreicht. So sieht also der Feind aus. Eine
junge Frau, ihr letztes Gesicht in den Wolken, die Augen offen,
schon matt, der Leib schwer, kurz vor der Niederkunft. Im
Mundwinkel das zähe, unauffällige Blut. Ich laufe, renne. Sie
ergreifen mich in einem Waldstück, zeigen auf mich, schlagen*

mich. *Sie zerren mich rabiat zu einem Wagen, kippen mich verletzt auf die Ladefläche. Man bringt mich zur Kommandantur. Der Transport im Zug. Die Verhöre. All das spüre ich noch. Das einzige was ich auf dieses leere Papier schreiben könnte ist: Ich war im Krieg. Doch wer will das wissen?'*

Ich komme zu mir. Ich atme schwer. Ich kann den Schweiß nicht bändigen. Nur nicht wieder in diesen grausamen Film fallen. Doch es zieht mich fort unter die Bilder.

'Sie werfen mich in einen grün getünchten Bus. Aussteigen, der kleine Koffer. Die Straße hängt schlaff, ein Seil. Nachts im Fieber gab es immer tausend zerrende Decken. Aber es gab nur eine. Angstträume, Schweiß, die Zelle, die wieder krank macht. Jeden Tag die Mahlzeit in der Tür, ohne Gesicht. Nur eine Hand, die sich eilig zurückzieht. Der Geruch feuchten Lehms. All das ist jetzt Wochen her. Aber ist es auch vorbei? Es gibt nichts Trostloseres als das letzte Dorf an der Grenze. Der Wind riecht fremd, dreht sich im Kreis. Ein nutzloses Beieinander von Farben und Gefühlen. Träume, die mich zu schlagen scheinen.'

Ich bin schlagartig wach. Ich öffne die Augen. Der Albtraum ist vorbei, das glaube ich. Einer, in dem ich lebendig wurde in einem fremden Text. Das geht zu weit. Was ist mit mir los?

Ich habe mich auch mit meinen Eltern überworfen. Meine Mutter sagt das, was mein Vater sagt und mein Vater sagt, dass er das Zimmer nicht mehr bezahlen will. Aber manchmal sagt meine Mutter auch das Gegenteil. Meine Ergebnisse seien trostlos und ein Ende der schwachen Phase sei nicht abzusehen, meint er. Das alles sei viel zu teuer, ich könne bei solchen Ergebnissen auch in einer Provinzstadt weiterstudieren, wenn ich denn überhaupt studieren wolle. Dort könne man mich bei Verwandten unterbringen.

Alles Reden hilft nichts. Ich habe bis Ende Februar Bedenkzeit. Entweder werde ich wesentlich besser, oder aber mein

Scheck bleibt aus. Ich habe Albträume bei dem Gedanken, ich müsse nun in der Provinz unterkommen. Die Frauen haben mich geschafft. Es sind die Frauen, die mir den Wissensdrang abgedreht haben. Ich habe keine andere Erklärung. Es kann nur eine Frau sein, die mich wieder auf Trab bringt. Gleiches mit Gleichem. Das Homöopathische Prinzip. Meine Eltern halten viel von Homöopathen. Aber diesen Überlegungen werden sie nicht folgen wollen.

Du wirst mir verzeihen, Joséphine. Ich habe mich verirrt, dabei glaubte ich doch, dass ich, wenn ich vorwiegend aus Distanz liebe, weniger gefährdet sei. Wie immer, wird am Abgrund ein Strohhalm heranwehen. Ich werde mich daran festhalten und mit raffinierter Technik den Gesetzen der Logik widerstehen.

Ich kenne niemanden in Paris, bei dem ich bleiben könnte. Und wenn kein Strohhalm heranweht, weiß ich nicht weiter. Ich sehe mich schon auf öden Provinzbahnhöfen, in faden Provinzkneipen, unter der Obhut einer Tante und von Professoren, die das Neunzehnte Jahrhundert zurückgelassen hat. Mittags legt der Onkel sich hin und die Sonne wandert träge im Garten. Verzweifelt renne ich den Boulevard Saint-Michel hinunter. Jean-Marie. Ach nein, Jean-Marie hat ein Zimmer, in dem er sich kaum umdrehen kann. Ich versuche meine Eltern zu verstehen, sie müssen schließlich drei Kinder versorgen.

Weihnachten und Neujahr werden ziemlich schweigsam verlaufen. Ein paar Gespräche mit meinen beiden Geschwistern, die ebenfalls in Prüfungen stecken. Ich habe kaum Zeit bis Februar das Ruder herumzuwerfen. Ich telefoniere mit Gott und der Welt. Die billigen Studentenheime liegen weiter außerhalb und da ist nie etwas frei. Was mir wahrhaft fehlt ist ein Wunder, eine Vereinbarung, die Kost und Logis frei hält.

Seit dem Mittag folgt mir ständig eine Frau. Wenn ich stehen bleibe, an einer Buchhandlung etwa, unterbricht sie ihren Weg. Ihre Aufmerksamkeit beunruhigt mich. Ihre Schritte hinter mir, neben mir, verlieren sich, kommen wieder. Wir haben einen langen Weg zurückgelegt. Immer einige Meter zwischen uns. Die Frau ergreift meine Oberarme, nennt verzweifelt einen Vornamen. Es ist nicht mein Vorname. Ich habe keine Zeit, sage ich, doch sie lässt sich nicht abwimmeln. Die Frau ist offensichtlich krank. Ihr Gesicht erzählt fortwährend von Situationen, die ich kennen soll. Vielleicht muss ich in einen Bus springen.

In der Rue de Buci, in der der übliche Markt abgehalten wird, bleibt meine Begleiterin vor einem schmalen Haus mit blaugrauer Fassade stehen. Jetzt sieht sie nicht verstört aus. Im Zimmer des ersten Stockes herrscht Kühle. Warum habe ich mich darauf eingelassen. Das Licht wird durch einen blauen Vorhang abgehalten. Über mir ein Kalkhimmel mit Rissen.

Ich wohne jetzt hier, sagt die Frau, die, auch wenn sie ihre Jacke und zwei Taschen abgelegt hat, noch immer bepackt aussieht. Da wo ich war, konnte ich ja nicht bleiben. Zu teuer.

Ich sitze auf dem Bett und schweige. Die Geschichte fasziniert mich. Ein Bord mit Zeitungen, drei undeutliche Fotos. Ein Schränkchen, mit starken Dübeln unordentlich in die Wand eingelassen. Die Frau holt Baguettes aus einer Basttasche, Trauben, Käse, eine Flasche Wein.

Sieh mal, was ich mitgebracht habe!

Sie spricht auch während des Essens unaufhörlich. Sie habe mir geschrieben, was denn nur mit mir passiert sei. Sie hat kleine, regelmäßige Zähne, die poliert wirken. Sie ist alterslos, wirkt wie eine verwirrte Pianistin, die überall Tasten sucht. Am liebsten würde ich jetzt baden, aber sie hat sicher kein Bad. Die Musik aus dem Radio macht einer sensationellen Stimme Platz. Handelt es sich da um Sport oder Politik? Man kann es kaum unterscheiden. Die Frau nennt sich Charlotte. Ich kenne keine Charlotte und wenn, dann wäre es nicht diese. Doch ihre Rätselhaftigkeit fasziniert mich. Sie reicht mir ein Foto, das sie mit einem jungen Mann zeigt, mit dem sie mich offenbar verwechselt. Beide sitzen auf einer flachen Mauer vor weitläufiger Landschaft. Sie sieht mich fast bittend an. Ich fühle mich elend, denn ich kann die Wiedersehensfreude nicht unterstützen. Außerdem gibt es keine Ähnlichkeit zwischen dem jungen Mann auf dem Foto und mir. Sie stellt Zigaretten und Kaffee zurecht, besteht darauf, dass ich mein Hemd ausziehe. Sie will es im Becken waschen, wenigstens das wolle sie für mich tun. Ich würde mich schon erinnern. Sie steht jetzt am Bügelbrett, viel Dampf steigt auf von dem feuchten Hemd. Das Zimmer riecht nach Wäscherei. Steht da im weißen Unterhemd, als kennen wir uns schon ewig.

Du musst erst mal schlafen, sagt sie. Ja, es ist besser wenn du erst mal schläfst.

Das Seltsame ist, ich weiß nicht ob sie Muttergefühle oder ganz andere empfindet. Auf jeden Fall scheint sie harmlos zu sein. Verrückt und harmlos. Ich lege mich in Hose und Unterhemd auf die flauschige Decke. Ich rauche schweigend, die Kopfrolle im Nacken. Ich betrachte sie. Manche Romane überfallen einen einfach so. Man muss sie nachher nur noch aufschreiben. Das Hemd ist jetzt gewaschen und gebügelt.

Sie wäscht sich beinahe zärtlich am Becken. Ihre Hände befestigen ein rotes, allzu jugendliches Band im Haar. Ich würde sie für vierzig halten. Durch meine Wimpern betrachte ich die Frau sorgfältig. Ich kenne sie nicht. Auch sie beobachtet mich. Sie tut es in einer Weise, als sage sie sich unaufhörlich: Es wird ihm schon wieder einfallen. Sie kommt leise zum Bett, setzt sich, verharrt so. Neben mir geht ihr Atem ruhig.

In einer Ecke, links vorm Fenster, türmen sich Koffer und Kartons. Obenauf eine mechanische Schreibmaschine. Wir betreten zwei Stunden später die belebte Straße erneut. In einem nahen, einfachen Restaurant bestellt die Frau zwei Menüs, die offenbar eine Bedeutung haben sollen. Ich erinnere mich nicht, aber ich lächle. Vielleicht ist das schon genug.

Bevor wir das Zimmer verlassen, zeigt sie mir ein absonderliches Spiel. Sie lässt mich das Ende eines ziemlich starken Fadens in die Hand nehmen und um einen Finger wickeln, während sie das andere Ende festhält. Nachdem sie unverhofft heftige Bewegungen vollführt hat, reißt der Faden und verursacht schmerzhaftes Ziehen an der Fingerkuppe. Lange sieht sie mich von der anderen Zimmerecke aus durchdringend an. Dann nimmt sie die neu entstandenen Enden und verknotet sie wieder. Angesichts dieses absurden Spiels will ich lachen, aber ich nicke nur. Die Frau kriecht schon bald in ihre Nachdenklichkeit zurück.

Beim Dessert zeige ich ihr meinen hellblauen, internationalen Studentenausweis. Ihr Finger geht über Foto und Namen hin. Sie nickt, als könne das all ihre bisherigen Annahmen nur bestätigen. Es ist absurd. Sie liest alles laut vor. *Carte d'identité internationale d'étudiant.* Sie nimmt auch den anderen rosafarbenen Ausweis aus der Hülle: UNEF *Union nationale des étudiants de France, No. 8326 ...* Dann diesen orangefarbenen: *Carte d'admission aux Restaurants universitaires.* Zuletzt noch den beigefarbenen nationalen Ausweis: *Université de Paris, inscription totale.* Sie sieht sich das Foto intensiv an, obwohl es das gleiche ist wie auf den anderen Ausweisen. Hinter meinem Gesicht ist ein starker Lichtschatten an der Wand erkennbar. Die Tapete mit den großen, grauen Farnblättern. Sie nickt erneut, als könne es jetzt gar keinen Zweifel mehr geben.

Ich habe einfach keine andere Wahl. Ich gehe zur Toilette und verschwinde danach ungesehen in der engen Rue Grégoire de Tours. Ich mache mir keine Sorgen um diese Frau, die schon bald einem anderen jungen Mann folgen wird, den sie zu kennen glaubt. Die rätselhafte Charlotte. Hoffentlich hat sie sich nicht meine Adresse gemerkt, die auf allen Ausweisen steht. Aber dort werde ich schon bald nicht mehr wohnen. Diese Frau war der herangewehte Strohhalm. Sicher hätte ich bei ihr bleiben können, doch das unschuldig rote Jungmädchenband signalisierte mir: Es gibt Strohhalme, nach denen man nicht greifen darf.

18.

Gegenüber ist leider keins von den ganz billigen Zimmern frei. Ich klopfe bei Véronique, die auch von niemandem weiß, der demnächst ausziehen will. Sie ist ziemlich kurz angebunden. Kühl. Sie bügelt gerade, ihre Augen sehen kaum auf. Ich bügele nie. Die Tür hat sie einen Spalt offen gelassen. Sie rechnet damit, dass ich sofort wieder gehe. Drei mal vier Meter. Wie bei mir. Ein Schrank, ein Bett, zwei Stühle, ein Tisch, das Waschbecken. An der Decke braungraue Flecken, vom gelegentlichen Durchregnen. Ein Fenster bis zur Kniehöhe. Von der Straße kommen Verkehrsgeräusche. Jemand hupt, als warte er auf mich. Ich schlage ihr vor, die Zimmer zu tauschen, denn sie bezahlt hier nur die Hälfte. Das wäre schon ein Argument für meinen Vater gewesen. Steuerberater, *conseiller fiscal*. Doch sie denkt gar nicht daran 'sich zu verändern', wie sie sagt.

Wenn du etwas hörst, du weißt ja wo ich bin.

Ja, das weiß ich, aber ich weiß nicht wer du bist.

Das weiß ich selber nicht.

Es hätte schön sein können!

Aber ich interessiere dich ja eigentlich gar nicht!

Dein Problem ist, du verstehst nichts von diesen Dingen, sagt sie.

Ich glaube an Magie, das schon.

Aber du entzauberst einen.

Véronique ...

Lassen wir das, außer einem Kaffee kann ich dir nichts anbieten.

Na gut, einen Kaffee.

Ich habe jetzt übrigens eine Freundin, sagt sie plötzlich. Das ist nur eine Übergangsphase. Ich muss mich wieder finden.

Ich bin sprachlos. Wir reden nicht weiter darüber. Nicht, dass ich es nicht verstehen würde. Aber bei Véronique, die so verliebt den Salat zubereitete, kann ich es mir nicht vorstellen. Wir sitzen am Tisch, trinken den Kaffee, reden über das Studium und darüber, dass meine Eltern die Zahlungen vermutlich bald einstellen wollen.

So etwas kenne ich, sagt Véronique, sie legt ihre Hand auf meinen Arm. Danke nochmal für damals, die Unterkunft. Ich habe das nicht vergessen. Leider hat es nicht gedauert. Aber ich kann dich nicht unterbringen, du verstehst! Außerdem, es ist hier wirklich nicht erlaubt.

Die Tür steht noch immer zehn Zentimeter offen. Ich nehme an, sie hat es vergessen. Wir sind unter dem Dach, wo es fünf weitere ganz ähnliche Zimmer gibt. Der sprachlose Flur gähnt dunkel herein. Im Treppenhaus weiter unten hört man gelegentlich Schritte. Als ich hinausgehe, entdecke ich neben dem Bett das Bild einer zierlichen Frau mit kurzen, dunklen Haaren, die mir gefallen könnte. Sie wird aus der Gegend von Marseille stammen. Sie lächelt in einem schwarzen, ärmellosen Unterhemd und Véronique lächelt, als sie meinen Blick erkennt.

Ich bin eigentlich für Männer gemacht, sagt sie leise.

Lebt sie hier im Haus?

Nun mach dir keine Hoffnung, sagt sie, auch wenn das für

mich nur vorübergehend ist. Denn Florence ist eindeutig für Frauen.

Ich fahre zu Jean-Marie, der immer neu an Hemingway erinnert. Ich muss mich versöhnen. Métro Odéon bis Strasbourg-Saint-Denis. Bei jeder der sieben Stationen stelle ich mir eine andere, heimliche Tätigkeit vor, bei der ich ihn erwischen werde. Der größte Hammer wäre, er würde mir erklären, dass er jetzt auf Männer stünde. Ich erwische ihn überhaupt nicht. Er ist nicht da. Zu Fuß, vorbei an billigen Huren, gehe ich die Rue Saint Denis zurück.

Ich bin wütend über mich, dass ich nicht genug gelernt habe. Und bin nun doch wütend auf meine Eltern, dass sie die Toleranzgrenze derart einengen. Am liebsten führe ich am Jahresende nicht nach Hause. Ich glaube, dass meine wahren Eltern bestimmte Schriftsteller sind. Camus. Flaubert. Balzac. Zola. Radiguet. Cocteau. Modiano. Mein Vater wollte oft, dass ich Bücher lese, die ich nicht lesen wollte. Die Mädchen, die mir gefielen, blieben schon im Filter der Kommentare stecken. Ich würde immer nur die Bücher lesen, – im Studium gibt es Ausnahmen – , die Bücher des Lebens sein könnten. Und auch wenn es 'die Frau meines Lebens' nicht gibt, werde ich mich auf Kompromisse nicht einlassen. Auf meine Mutter war ich wütend, dass sie wie in einen Korso einschwenkte und sich den Meinungen meines Vaters anschloss, 'weil es doch in der Familie eine Linie geben muss'. Dabei fühlte ich genau, dass sie oft ganz anders dachte als er.

Da man sich selbst am wenigsten gern Vorwürfe macht, entschließe ich mich, ab sofort wie besinnungslos zu arbeiten, keine Vorlesung mehr auszulassen, mich nicht mehr vom Wind, vom Blau des Himmels, von den Bänken im Jardin du Luxembourg, von den Seitenblicken junger Frauen verführen zu lassen. Ich akzeptiere es, im Studium Bücher lesen zu müssen, die ich später nicht wieder anrühren werde, denn um so frei in meiner Entscheidung zu sein, muss ich die Grundlage für diese Freiheit schaffen, und die ist ein Job und ein Einkommen. Ich lasse es darauf ankommen, ob der Scheck eintrifft oder nicht, werde nicht links und rechts sehen, ich werde nur noch studieren. Und nebenbei den Patron im Bistro ertragen. Mein Vater, der selbstständig ist, wettert gegen die Gegenden Frankreichs, in denen der Staat die meisten Leute bezahlt, ausgerechnet dort, wo man am meisten gegen den Staat ist.

Die erste Woche schafft mich. Man ist nicht mehr trainiert und diese Art Leistungssport habe ich nie betrieben, wenn ich auch früher mehr gelernt habe als in den letzten Monaten. Mein Tagesrhythmus ist ein völlig anderer. Zuerst kommen die Vorlesungen, die Arbeit im Bistro, die Arbeit an diesen Vorlesungen, dann das Essen und Schlafen, all das andere kommt gar nicht mehr vor. Nach zwei Wochen glaube ich ernsthaft krank zu werden. Als ich am Monatsende die Bank betrete, der Scheck ist gerade eingetroffen, sucht der Kassierer, den ich seit langem kenne, meine Augen. Er will eine plausible Erklärung dafür, warum ich nur die Hälfte der bisherigen Summe erhalte. Was geht ihn das an? Aber sein Mitgefühl scheint echt. Ich zucke die Schultern. Mein Gesicht wird melancholisch genug aussehen, aber nicht melancholisch genug, um die Bank zu einer Unterstützung zu veranlassen. Und so zucke ich nur die Schultern. Auch er zuckt die Schultern. Als ich die Bank verlasse, bin ich entschlossen, die Kürzung am Telefon, ich telefoniere einmal wöchentlich, meistens sonntags, mit meinen Eltern, mit keinem Wort zu erwähnen. Das wird sie wundern. Auf die Frage: 'Wie kommst du sonst so zurecht?', die ich auswendig kenne, werde ich wie immer antworten: 'Gut'.

Meine Lage ist dramatisch. Ich esse minimal, schlafe nicht genug. Den Job im Bistro kann man vergessen. Schließlich finde ich etwas in einem der Buchläden des unteren Boulevard Saint-Michel. Man hat mehr mit dem Stapeln und Schleppen von Büchern zu tun, als mit Büchern selbst. Sonderangebote. Ramschware. Es ist vor allem körperliche Arbeit. Aber der Laden ist nah und man bekommt zusätzlich zum Lohn Essens- und Büchercoupons. All das täuscht nicht darüber hinweg, dass die Kurve abwärts zeigt. Auf dem Konto ist kaum noch Geld. Einen neuen Pullover habe ich schon lange nicht mehr gekauft. Kino und Restaurant sind nicht drin. Anfang Dezember. Immerhin.

Ich telefoniere mit Jean-Marie, der sich merkwürdig verändert hat. Er ist wortkarg und wenig zugänglich. Er hat ein paar neue Schwierigkeiten, aber die ahnte man früher schon voraus. Jetzt stellt sich dieses vertraute Gefühl nicht mehr ein, mit einem guten Freund telefoniert zu haben und danach regelrecht erleichtert zu sein, obwohl man nie direkte Hilfe bekommen oder verlangt hat. Seit er nicht mehr im Fünften Arrondissement wohnt ist Jean-Marie wie jemand, der einen anderen Glauben angenommen hat.

Die Stadt erwacht mühsam. Schiefergrau wächst sie schnell, während Autos die nahe, abschüssige Straße meistern. Im Nacken droht blaugrau das Panthéon. Oberstes Stockwerk. Ich erinnere mich wieder an Marie-France, mit der ich im Aufzug stecken blieb und daran, wie sie später einmal im Türspalt verschwand. Der Rand ihres Nachthemdes wippte leicht gegen die Verglasung des Himmels, in der der Saum der Stadt verschwamm. Ich sah sie von der Wendeltreppe. Ein Schwachbild blieb sekundenlang stehen. In einem ehemaligen Dienstbotenzimmer genoss sie das Privileg eines Stücks eigenen Lebens. Sie hatte mich gebeten den Aufzug nicht zu benutzen. Aber ich war müde. Der ovale Drahtkorb, mit Holz und Milchglas verkleidet, setzte sich explosionsartig in Bewegung, knirschte im fünften Stock, als wolle er das Haus sprengen, hing schließlich unverrückbar fest. Ich hätte ihn nie wieder benutzen sollen. Der Motor keuchte auf der Stelle. Marie-Frances Mutter befreite mich wortlos, mit einem langen Blick auf mein unrasiertes Gesicht.

An die Wand des spiralförmigen Treppenhauses gelehnt, schloss ich die Augen mit einem Lächeln. Über mir begann eine erbitterte Szene. Hinter dem Glasband der im Halbrund angebrachten Fenster schwebte Notre-Dame in graphitgrauem Licht und fern Sacre Coeur. Später sagte sie mir mal: Du warst mein persönlicher Revolutionär. Der Aufzug ist geschichtsträchtig.

Ich stehe nun wieder vor diesem Haus an der Place du Panthéon. Könnte vielleicht Marie-France ...? Doch an den Klingeln steht kein bekannter Name mehr. Das Haus ist mit Firmenschildern und Zahlen wie versiegelt. Ich werde immer sagen können, dass ich nach ihr gesucht habe. In der Sorbonne bin ich ihr schon lange nicht mehr begegnet.

19.

Madame Bourgin hatte geglaubt, es würde sich niemand auf ihre Anzeige melden. Sie hatte nicht wissen können, in welch misslicher Lage ich mich befand. Ich wartete im Salon. Sie hatten tatsächlich ein Hausmädchen, eine *bonne*. Die hatte mich hereingeführt, sah aus als könne man sich auf sie einlassen. Krimskrams, sorgfältig arrangierte Möbel, gelangweilte Fauteuils.

Ich liege auf dem Bett, ich stelle mir das alles noch einmal vor. Es ist ein Uhr nachts. Die Heizung knackt. Auf dem Nachttisch steht ein Glas Wasser. Das Rauchen habe ich mir abgewöhnt. *Der Fremde* von Camus liegt aufgeschlagen da. Ich lese zum-ich-weiß-nicht-wievielten-Male darin. Es hatte alles so gut angefangen mit dieser Familie. Ich bekam weitaus genug Geld, die Arbeit war angenehm; sie lieferten mir überdies Stoff mich zu amüsieren. Ich werde es einfach darauf ankommen lassen. Ich habe einen Plan, überlege nur noch, wann ich ihn durchführen soll. Morgen ist Donnerstag. Ein guter Tag. Man erwartet das Wochenende und ist milde gestimmt. Der kleine Koffer wird genügen. Der Mantel offen, ich unrasiert und blass, ein wenig abgemagert, das wird helfen.

Chantal, mit der wogenden Brust, öffnet wie damals. Sie blickt mich an, als sei ich eine Erscheinung. Ich habe geklingelt, sitze frierend auf der obersten Stufe und schaue verloren zur Straße. Meine Habe ist zum Heulen.

Das ist ja wohl nicht wahr, sagt sie.

Man versteht nicht, ob es sich um freudige Überraschung handelt, oder ob sie eine Katastrophe kommentiert. Ich wende den Kopf, zeige keine Regung. Mein Gesicht ist sehr ernst.

Und?, fragt sie kokett.

Ich weiß nicht, sage ich, einen Ellbogen auf dem Koffer, in der Linken einen schäbigen Schirm. Es ist aber wahr.

Sie schüttelt den Kopf, als habe sie zwischenzeitlich sämtliche Weisheit gepachtet. Sie verschränkt die Arme.

Ich hole dann wohl besser Madame, sagt sie.

Ich nicke.

Es dauert eine ganze Weile. Um diese Zeit sind Madeleine und Christiane zum Sport. Madame und ich werden allein sein. Ich kann ihr mein Herz ausschütten. Ich habe diesen verzweifelten Ausdruck vor dem Spiegel geübt und an die Comédie Française gedacht.

Sie möchten herein kommen, sagt Chantal missbilligend.

Im Salon erwartet mich Marie Bourgin. Sie ist in einem weinroten Hauskleid und wenn ich mich nicht täusche, hat sie noch ein paar Kilo zugenommen. Sie hütet sich erfreut auszusehen. Vielleicht ist sie es ja auch nicht. Der Gesichtsausdruck des Hausmädchens, sonst stets an dem Madame Bourgins orientiert, weicht ab. Madame Bourgin bittet Chantal einen grünen Tee zu machen.

Einen grünen Tee also, sagt die und geht.

Eine Zeit lang sehen wir uns nur an. Madames Augen sind feucht. Das kann viele Gründe haben. Der Tee kommt.

Können Sie sie nicht fortschicken?, flüstere ich verzweifelt, nachdem Chantal am Türrahmen lehnt und abzuwarten scheint.

Es ist gut, Chantal, sagt Madame Bourgin zögernd.

Nun, also ...

Marie, oh Marie, Entschuldigung sage ich, und beginne zu weinen, ich meine Madame Bourgin, es ist ...

Sie nickt gnädig, und ich erzähle nun die ganze Geschichte. Ich bringe jede mögliche Ausschmückung an, lasse sie kaum zu Wort kommen. Es dauert über eine halbe Stunde. Am Ende seufzt sie tief und atmet hörbar. Ihre Brust steigt mächtig an. Sie ist einfältig und schön, wenn sie gnädig ist.

Mein lieber Junge, sagt sie, und streicht mir übers Haar. Mein lieber, armer Junge.

Marie, sage ich, ich habe Sie nie vergessen können, es war nur, ihre Töchter mochten mich nicht, und ...

Das glaube ich aber kaum ..., sagt sie, aber das ist jetzt nicht so wichtig.

Nach über einer Stunde geht sie zur Tür, sie ruft nach Chantal. Die kommt, nichts Gutes ahnend.

Chantal, sagt sie, Monsieur Alexandre wird bei uns wohnen. Er wird freie Kost und Logis haben wie Sie und ein Entgelt bekommen für seine Bemühungen. Er wird täglich, außer Donnerstag und Sonntag mit den Mädchen Hausaufgaben machen und ihnen jede nötige Nachhilfe gewähren. Bitte richten Sie das blauweiß gestreifte Dachzimmer her. Monsieur Alexandre wird am Sonntag einziehen.

Es ist offensichtlich, dass Chantal konsterniert ist.

Gut, Madame, Sie treffen die Entscheidungen.

Ja, die Entscheidungen treffe ich.

Ich verabschiede mich, nachdem Chantal schwerfällig gegangen ist. Madame setzt sich, um an einem Brief weiterzuschreiben. Ich umarme sie von hinten heftig und flüstere:

Marie, das werde ich Ihnen nie vergessen.

Das erwarte ich auch, sagt sie, und schreibt.

Ich verlasse den Salon, gehe zum Entree. Die Tür zum Hauswirtschaftsraum steht halb offen. Ich stecke den Kopf optimistisch hinein und sage:

Ich konnte dich einfach nicht vergessen, Chantal, verzeih mir.

Chantal rührt in irgendetwas. Sie sieht nicht auf.

Mein Zimmer liegt auch da oben, sagt sie ohne besondere Regung. Wie soll das bloß werden?

Es wird gut werden, sage ich. Du wirst sehen, es wird sehr sehr gut werden.

Ich gehe. Auf den Straßen hasten die Leute wie gewohnt. Im Luxembourg-Park hat der kaltfeuchte Nachmittag nur wenige Menschen hinterlassen. Den kleinen, fast leeren Koffer halte ich liebevoll fest. Nur eine Requisite. Busse und Autos fahren an auf dem Boulevard Saint-Michel. In den Bäumen kündigt heftiger Wind Regen an. Hinter fliehenden Autos fallen auf der grauen Place Edmond Rostand kleine Fontänen schräg in ihr Becken zurück. Die Monate November bis April liebe ich nicht.

Ein Brief für Sie!, ruft der Patron. Ich nehme den blauen Umschlag ohne hinzusehen.

Übrigens, sage ich, ich ziehe am Sonntag aus.

Sie ziehen also am Sonntag aus?

Ja, die Miete für die beiden letzten Wochen können Sie behalten.

Schade, sagt der Patron, und ruft nach seiner Frau. Wir hatten Sie sehr gerne hier.

Ja, wirklich sehr schade, sage ich. Vielleicht komme ich ja mal wieder! Im Moment habe ich keine Wahl.

20.

Das blauweiß gestreifte Dachzimmer, nicht mehr als sechs Schritte von Chantals rosaweiß geblümtem Zimmer entfernt, erhascht über die Dächer der Parallelstraße hinweg einen fernen Postkarten-Ausschnitt des Luxembourg-Parks, Zinkdächer des Boulevard Saint-Michel, Baumwipfel, und die höchst weibliche Kuppel des Panthéons. Madame Bourgin hat ins Schwarze getroffen. So würde die Sehnsucht nach meinem Viertel nicht verloren gehen, die Häppchen genügen, unter besseren Umständen nicht von hier fort zu wollen.

Als ich sonntags mit dem Taxi ankomme, sind Madame Bourgin und ihre Töchter nicht anwesend. Sind noch bei *Maman* im Fünfzehnten Arrondissement, wo sie alle nun nach dem Tod Monsieur Bourgins sicher noch öfter auftauchen müssen als früher. Insofern hat sich Madames Lage auch verschlechtert. Dort würde man Monsieur Bourgin sicher glorifizieren und Marie Bourgin würde Qualitäten ihres verstorbenen Mannes erfahren, die sie so nie gekannt hatte.

Chantal hilft mir stumm, möglicherweise ein wenig widerwillig. Fast derb stellt sie mir gegen drei Uhr ein paar Madeleines und ein Kännchen Kaffee auf den Nussbaumtisch unter dem Fenster.

So, sagt sie, hier, Madame wünscht das so, das wär's fürs Erste.

Sie ist in Jeans und T-Shirt, zieht beim Hinausgehen den blauen Vorhang demonstrativ vor die Nische links hinter der Tür, wo man Mäntel, Jacken und Koffer unterbringen kann.

Chantal, sage ich, komm, lass uns das feiern.

Was gibt es da zu feiern?

Du wirfst mir vor, dass ich etwas Besseres bin, wie du mal gesagt hast, weil ich ja studiere. Das ist doch absurd.

Ich werfe Ihnen nichts vor, aber Sie beunruhigen mich eben.

Du beunruhigst mich auch.

Das glaube ich nicht.

Doch, du beunruhigst mich.

Dann sollten Sie sich von mir fern halten.

Ich kann etwas von dir lernen.

Was denn?

Gelassenheit.

Ich denke, Sie sind fast zu gelassen mit allem.

Das scheint nur so. Wann hast du deine freien Tage?

Donnerstagnachmittag und Samstag ab fünfzehn Uhr bis Sonntag um sechzehn Uhr.

Dann gehen wir Donnerstagabend ins Kino, ich lade dich ein.

Vielleicht habe ich ja einen Freund.

Ja, vielleicht, vielleicht aber auch nicht.

Das Haus ist leer. Raureif liegt auf den Dächern. Sie steht im Türrahmen. Ihre rechte Hand berührt den Rahmen im oberen Drittel. Die Linke liegt in der Taille. So steht sie da, sieht mich an und sagt nichts. Das Licht spiegelt sich wabernd auf der Tischplatte. Vom offenen Gaubenfenster kommen recht frostige Sonntagsgeräusche.

Nimmst du diese neue Pille?

Das friedliche Bild kommt abrupt in Bewegung. Sie rennt in ihr Zimmer und knallt die Tür zu.

Ich renne hinter ihr her. Sie sitzt auf dem Bett. Die rosa geblümte Tapete ist wie eine Winterwiese unter der etwas zu hellen Lampe, die sie ganz unsinnigerweise angemacht hat. Ich ziehe sie hoch zu mir. Meine Hände erzählen ihrem Körper lustvolle Geschichten. Sie legt die weiße Stirn an meine Schulter, ihre schwere Brust sucht Zuflucht. Auf ihren stattlichen Pobacken kommen meine Hände zu einem vorläufigen Stop. An ihrem warmen Hals sauge ich den Duft ein, der aus ihrem T-

Shirt hochdrängt. Ich öffne den Reißverschluss ihrer Jeans, aus dem ein kleiner, fester Bauch quillt, der Slip ist zu klein und verdeckt nicht ganz den kurzen Haaransatz.

Das geht alles viel zu schnell, sagt sie.

Das ist wahr, sage ich, aber es ist nicht zu ändern.

Nein, sagt sie, nein …

Wir lassen die Tür offen, denn es gibt im Treppenhaus eine Klingel die dann anspringt, wenn die Haustür geöffnet wird. Sie ist ziemlich penetrant, überall zu hören und deshalb sehr hilfreich.

Ich nehme diese Pille, sagt sie weich, machen Sie sich keine Sorgen. Kriege sie umsonst von meinem Arzt, zu Testzwecken. Wegen der Verträglichkeit.

Du nimmst sie also!

Aber nicht nur wegen Ihnen.

Chantal …, sage ich. Mehr fällt mir nicht ein.

Sie werden wieder zu Madame gehen …

Nur wenn sie darauf besteht, ich bin ihr schließlich zu Dank verpflichtet, es bedeutet nichts. Mir ging es schlecht.

Jetzt geht es Ihnen zu gut, sagt sie, und stößt einen kleinen Schrei aus.

Wir legen uns zurück.

Eigentlich hast du ja heute Nachmittag frei, nicht wahr?

Eigentlich ja, sagt sie. Eigentlich.

Auf meinem Tisch breite ich Hefte und Bücher aus. Lexika stehen aufrecht. Stifte in allen Farben fächern sich auf, wie ein Mikado-Spiel, in einer Campbell-Dose. Alles soll aussehen, als sei ich bereits Stunden unter das Dach des Lernens getaucht, als rauche mir der Kopf und ich habe, wenn Madame Bourgin dann kommt, ein gutes Abendessen verdient. Tatsächlich will ich die Gunst der Stunde nutzen und mein Studium nach zwei weiteren Jahren zum Abschluss bringen. Ich drehe die Heizung herab. Gegen achtzehn Uhr klopft es. Man kann nicht erraten wer es ist, aber ich erwarte Madame Bourgin. Christiane stößt nach meinem *Herein* die Tür auf, bleibt aber auf dem Flur.

Das hätte man sich wohl auch nicht träumen lassen.

Der Mensch muss träumen, sage ich.

Ich habe aber nicht von so was geträumt.

Madeleine kommt hinzu. Sie hat einen Schuss getan.

Ich träume auch von etwas anderem.

Und von was?

Von Johnny Hallyday zum Beispiel!

Man hört Schritte auf der Treppe, die Mädchen heben die Hand und verschwinden. Die Tür ist noch offen. Madame Bourgin prustet hörbar.

Solche Nachmittage sind immer wieder sehr anstrengend, sagt sie im Türrahmen.

Ich schließe die Tür und biete ihr meinen Stuhl an.

Lassen Sie sie besser offen, sagt sie.

Madame, sage ich, ich bin Ihnen von ganzem Herzen dankbar für all diese Möglichkeiten, die ich jetzt hier wieder haben werde.

An alle Möglichkeiten möchte ich gar nicht denken.

Aber, Marie ... ich dachte an Sie.

Kommen Sie um sieben erst mal zum Essen, lächelt sie sanft.

21.

Ich habe nun das Vergnügen, mindestens zwei Mal täglich den Park zu durchqueren. Ein weiterer, unschätzbarer Vorteil. Meine Eltern habe ich über meine neue Adresse informiert. Die genauen Umstände meiner Abmachungen mit Madame Bourgin kennen sie nicht. Ich habe meinem Vater erklärt, ich brauchte seine Unterstützung nun nicht mehr, was ihn dann doch schockte und dazu veranlasste, meinen Scheck überraschenderweise in fast voller Höhe beizubehalten. Ich bin also fein heraus. Ich berichte von Erfolgen. Er braucht nun das in Frankreich viel benutzte Wort *la crise* nicht mehr in den Mund zu nehmen.

Muss ich mir vorwerfen so zu sein wie ich bin? Niemand muss sich seine Machart vorwerfen, denn ich glaube, dass die Natur sich ihrer Entscheidungen sicher ist. Sie stattet die jeweils Richtigen mit dem Negativen und Positiven aus, in der Regel berücksichtigt sie dabei eine erträgliche Mischung. Selten vertut sie sich. Dass ich in der Liebe an Magie glaube, kann mir allen Ernstes niemand vorhalten. Richtig ist, dass es auf dem Weg zur Liebe Versuche geben muss, Missverständnisse und schmerzliches Misslingen nicht ausgeschlossen.

Ich bin frei. Ich gehöre mir und meinem Alter. Für mich steht Chantal für das naive, eher ländliche Liebesbegehren, während Madame Bourgin die Städterin mit provinziell-melancholischer Prägung verkörpert. Ich werde streng darauf achten, dass mir ihre Töchter nicht zu nahe kommen. Sie, die gänzlich Unfertigen, schließe ich aus. Mir fehlt allerdings eine Frau, bei der alles, was ich mir wünsche, in reiner Form vorhanden ist.

Der *joli mai* ist noch immer anwesend. Immer mehr junge Menschen schlossen sich den Protestlern von Nanterre an. Es ging nicht nur um Hochschulreformen oder den Vietnamkrieg.

Die französischen Studenten wollten den sozialen Umbruch, eine sozial gleichberechtigte Gesellschaft. Charles de Gaulles verknöchertes und lähmendes System sollte verändert werden. An den Universitäten von Bordeaux und Nantes herrschten bürgerkriegsähnliche Zustände. Auch François Truffaut und Jean-Luc Godard sowie Jean-Paul Sartre unterstützten die studentischen Forderungen. Frankreich im Ausnahmezustand. Wasserwerfer und Tränengas. Mehrere 100.000 Arbeiter forderten mehr soziale Rechte, Lohnerhöhung und die Einführung einer Sozialversicherung.

Auf meinem Schreibtisch steht ein Bild meiner Eltern. Es zeigt sie in den Korbstühlen unseres Gartens. Es ist Sommer, der Sonntagstisch ist gedeckt. An diesem Bild stimmt alles. Das Lächeln, das Wetter; der Garten ist hergerichtet, der Tisch noch nicht abgegrast. Es scheint mir, dass sich seit meiner Auseinandersetzung mit meinem Vater die Gesichter meiner Eltern verändert haben. Das gleiche Foto, nahezu das gleiche Licht im Zimmer; aber es kommt mir so vor, als schauten beide nun etwas gleichgültiger, als zeigten sie eine Enttäuschung, die sie zur Zeit als das Foto gemacht wurde noch gar nicht durchgemacht haben konnten. Es gibt da eine Distanz, die mir unbekannt war. Obwohl das Foto sich nicht ändern kann, nimmt mein Auge etwas bisher Ungesehenes wahr. Dennoch, mich durchzieht Wärme und Liebe.

Ich verlasse das Haus gegen achtuhrdreißig. Die Mädchen sind schon fort. Chantal hat in der Küche das Frühstück hingestellt, weil Madame mit den Töchtern frühstückt und sich danach noch einmal hinlegt. Das Esszimmer ist bereits gemacht, es wird bis zum Mittag nicht mehr angerührt. Ich sehe Madame nicht vor dem Nachmittag, es kommt jedoch vor, dass sie im Morgenmantel vorbeistreicht, wenn sie Chantal im Keller oder sonstwo weiß.

Ich bin froh, dass nun alles über die Bühne ist, hat sie mir vor zwei Tagen gesagt. Es war schwierig, all das mit der Testamentsabwicklung. Man erlebt so seine Überraschungen.

Aber Sie sind doch abgesichert!

Oh ja, das hat mich am Ende mit meinem Mann versöhnt. Ach, ich meine manche Umstände, über die ich nicht reden möchte. Aber das Haus gehört mir, und bis ans Ende meiner Tage ist für mich gesorgt, natürlich auch für die Töchter. Na und Sie, Alexandre, Sie profitieren nun auch noch von den Umständen.

Ich bin Ihnen und auch Monsieur Bourgin sehr dankbar.

Aus ihrem Busen steigt Wärme auf, die sich mit der Wärme ihrer Augen trifft. Ihr Morgenmantel öffnet sich leicht, das Batistnachthemd offeriert ein paar Einblicke.

Marie, soll ich Sie besuchen?

Alexandre, sagt sie, die Hand in meinem Haar, ich muss erst etwas abnehmen, ja?

Seit kurzem geht Madame Bourgin tatsächlich drei Mal wöchentlich in ein Frauen-Fitnessstudio am Boulevard Raspail.

Es ist ihr schwer gefallen, sagt Chantal. Ich weiß gar nicht, für wen sie das eigentlich macht. So dick ist sie ja nun auch nicht. Doch nicht etwa für Sie, Alexandre?

Das glaube ich nicht, Chantal. Sie tut es für sich selbst, denke ich. Aber wenn sie es für mich tut, kann ich es nicht ändern. Ich habe doch dich und wenn unsere Sache unter uns bleibt, dann brauche ich mich von Madame nicht auch noch verführen zu lassen.

Sie haben mich verführt, Alexandre.

Du hast dich gern verführen lassen.

Ich bin froh, nicht in der trägen Provinz gelandet zu sein, wo das Schicksal sich verspätet oder gar nicht erst eintrifft. Ich will nicht so weit gehen zu sagen, ich sei das *Schwarze Schaf* der

Familie, aber ein paar graue Spuren hat die Faulheit schon auf meinem Fell hinterlassen. Jetzt, wo ich untergekommen bin, meinen Vater etwas weniger koste, wo es mir besser geht als vorher, kann ich ihn sogar verstehen. Beim nächsten Besuch werde ich sagen: Wir sind hier in Frankreich zwischen industrieller Vergangenheit, die nun wirklich vorbei ist, und einer visionären Zukunft ohne jede Vorstellung. Dieses Land hat keine Visionen mehr. Dem wird er applaudieren.

Wenn ich gelegentlich in den Ferien ein paar Tage mit meinen Eltern in Fontaine-le-Port, dem Dorf an der Seine unweit Paris, verbrachte, kein Mensch weiß, was sie dahin zog, kriegte ich Atembeschwerden. Der sommerlich schweigende Ring der Hügel legte sich um meinen Hals und die träge fließende Seine schien leise zu sagen: Pass auf, dein Blut kommt gleich zum Stillstand. Idylle, das schon. So wie es jetzt ist kann die Zeit ruhig anhalten. Besser noch, ich hätte vorher die Freundin gefunden, die alles beantworten kann. Aber so etwas braucht Zeit. Daher sage ich mir, die Zeit darf nicht still stehen, ich lebe auf etwas hin, eine Zukunft muss der Mensch haben, wie immer sie aussehen mag. Außerdem wird er sie haben, ob er will oder nicht. Für ihr gutes Aussehen hätte ich schon manchen Tag geopfert. Allerdings glaube ich, dass über das Maß meiner neuen Anstrengungen hinaus nichts wirklich Nervenaufreibendes mehr unternommen werden muss.

Es wird mir andererseits klar, dass viel mehr als das, was ich in der Universität lerne, gelernt werden muss. Vor allem vom Leben. Und das soll spielerisch geschehen, aber so, dass man die Wolken nicht aus den Augen verliert, Sonne, Träume, die Flügel der jungen Frauen, die girrenden Kräfte der Stadt. All das, was im Blut der Stadt steckt und die Wunden heilen lässt.

Ich bin keine siebzehn mehr. Dieses Alter liegt weit zurück.

Ich werde dreiundzwanzig. In der Provinz ist man gefangen. In der Stadt ist man es nur, wenn man nicht genug Geld hat. Aber das ist immer noch besser als in der Öde mit Geld gefangen zu sein. In der Universität ist man gefangen, weil sie dieses Sprühen der Wünsche nicht berücksichtigt, sondern gnadenlos den Erwachsenen fordert, der ich, auch mit mehr als einer Generation weiter, – denn vier, fünf Jahre sind in diesem Alter eine ganze Generation – , immer noch nicht bin. Vielleicht bin ich auch bei Madame Bourgin gefangen, aber man muss bedenken, dass ich auf dem Felde der Frauen Wichtiges lernen kann. Und dabei habe ich das Glück, höchst verschiedene Generationen in ihrem Hause zu studieren. Weil ich sie brauche, will ich ihr gefallen, allerdings auch, weil der Reiz einer Frau mit vierzig unerhört ist. Allein das Seufzen dieses Alters verdient volle Hingabe.

Nach einer Woche im Hause Madame Bourgins habe ich sie ganz für mich eingenommen. Am Sonntag nach meinem Einzug nehme ich Chantal den Rechen aus der Hand, natürlich erst kurz bevor Madame mit ihren Töchtern von Maman zurückkommt. Etwa gegen achtzehn Uhr. Und so glaubt Madame Bourgin ich hätte den ganzen Garten an meinem freien Sonntagnachmittag geharkt. Sie steht erschüttert auf dem Balkon, die Hände weich auf dem Geländer zieht sie die Schultern hoch, sie seufzt begeistert. Es scheint als fühle sie die letzten Striche des Reisigbesens auf den Wegen wie das zärtliche Kratzen meiner Hände auf ihrem Rücken.

Doch dazu soll es erst spät abends kommen. Madame scheint dann ihre Sprache gänzlich verloren zu haben. Alles was ihr immer wieder einfällt, ist der Satz:

Mein lieber Junge, mein lieber Junge!

22.

Noch lange nach zwanzig hat man Schwierigkeiten, seine Gefühle richtig einzuschätzen. Eine überaus vernünftige Kommilitonin hat mir gesagt: Deine Gefühle sind von der Literatur versaut, ich meine verdorben.

Natürlich bin ich nicht ihrer Ansicht. Literatur kann uns nicht verderben. Sie kann uns vielleicht im falschen Moment treffen. Und ich behaupte: Das wird sich später korrigieren. Literatur kann nur auf das treffen, was schon vorhanden, aber oftmals noch nicht bewusst ist.

Meine allerersten Erfahrungen hatte ich mit Madame Grouille, der Kolonialwarenhändlerin unseres Kleinstadtvorortes. Das, was mich zuallererst bei Frauen fasziniert hat, waren die Brüste. Ich ziehe die kleineren vor, die leicht nach außen oder nach oben weisen. Immer schien es mir, schon in der Provinz, dass in ihnen mehr Weisheit steckt, als in manchem Männerkopf. Sie zu sehen, heimlich auf ländlichen Höfen, wo Frauen sich in den Schuppen hingebungsvoll mit Wasser begießen, das war wie die Eroberung eines Kontinents und das einzige, was mich mit der Provinz versöhnte. Dazu kamen ihre weichen Hüften, die wie es schien, das Gewicht der Welt aushalten können.

Madame Grouilles Mann betrieb die eigene Landwirtschaft, er kam abends erschossen nach Hause, wo er nur noch über Saatgutrechnungen den Kopf schütteln konnte. Im Hinterzimmer des Ladens, wo ich gelegentlich aushalf Konserven zu stapeln, erfuhr ich mit sechzehn, dass Frucht und Saft sich nicht nur auf das Obst bezogen, das aus Kisten duftete. Ein Flächenbrand setzte ein und machte vergessen, dass Madame Grouille beim ersten Mal gesagt hatte: Doch nicht da, Junge, bist du ungeschickt!

Meine Eltern erfuhren nie davon, auch Madame Grouilles Mann nicht. Und so konnte sich keiner recht erklären was der Grund für meinen plötzlichen Hochmut war, die Geringschätzung, mit der ich Freund wie Feind bedachte. Man nannte meine überlegene Haltung ausgerechnet vorpubertär und hatte sie somit untergebracht. Mir war es recht, musste ich doch nicht mehr fürchten, dass darüber weiter spekuliert wurde. Das einzige Problem, das ich mit der Kindheit hatte, war, dass ich ungewollt gelegentlich in sie zurückfiel und mich für mich selbst als Rettungsschwimmer einsetzen musste.

Madame Grouille hatte anscheinend eine Vorliebe für kurze, grüne Röcke. Jedenfalls besaß sie drei davon. Ihre zu engen T-Shirts, an denen die Seitennähte arg spannten, ertrugen ihre Brüste, indem sie die Druckmuster verschoben und die Farben verwaschen aussehen ließen. Die breiten Plastikgürtel mit goldfarbener Schnalle taten ihr Übriges, Madame Grouille etwas billig aussehen zu lassen. Aber ich habe mir sagen lassen, dass solche Personen eher mehr über Erotik wissen als die, die ästhetisch aufgeklärt wurden, wie einige langweilige Mädchen, die ich kannte. Das also war Liebe, sagte ich mir, der ich allein von Lust umwickelt war. Und ich rätselte, warum denn Liebe, die, wie ich mir immer gedacht hatte, alle Fragen beantwortet, nun erst recht so viele offen ließ.

Eines ist sicher: Mein Körper und mein Kopf standen auf derselben Startbahn, wo sie ihre Rennen ausfochten. Der Körper gewann fast immer, so sehr ich mir auch manches zu erklären versuchte. Angst hatte ich nur, dass mein Kopf in Front läge und der Körper ihn nicht mehr einholen könnte. Im Grunde wollte ich, dass beide zusammen ankämen, das aber schien unter den Umständen unmöglich.

Um Madame Grouilles Haus brauchte ich nicht wie ein heißer Hund herumzustreichen. Ich kam zu der Zeit jeden Nachmittag nach der Schule zu ihr. Das Mitleid, das ich angesichts meines

Glücks zu Beginn für andere empfand, kam mit der Zeit nicht mehr so zum Ausbruch, weil ich Madame Grouille fast täglich sah. Immer gab es zwischendurch den Augenblick, wo wir, kein Mensch weit und breit, den Laden verließen und zwischen Regalen niedersanken. Und die Lächerlichkeit meiner anfänglichen Hochnäsigkeit konnte, weil ich Madame Grouille nicht verzweifelt nachstellen musste, nun weitgehend unter dem Tisch bleiben. Nur ich selbst habe später all das empfunden, was für andere nicht wirklich lange sichtbar geworden und unter dem Begriff Pubertät abgeheftet worden war. Im Sommer trug sie an manchen Nachmittagen unter ihren Röcken nichts. So konnte ich sie, wenn ich hinter die hohe Theke kam, um etwas zu fragen, sogar im Beisein von Kunden berühren. In einer Schublade im Bodenbereich gibt es immer irgendetwas zu suchen.

Meine Mitschüler merkten nichts, sie sagten gelegentlich nur: Du riechst anders, du bist schon fast erwachsen. Sie plagten sich mit dem, wozu uns unsere Eltern verurteilen, mit dem Trockenobst des Wissens, während wir, um wahres Leben zu erhalten, in die Plantagen müssen um das, was vor Reife abfällt, aufzunehmen und zu genießen.

Als ich mit achtzehn nach Paris ging, sah Madame Grouille sehr melancholisch aus. Alles war so bequem gewesen und jetzt hörte es auf.

So einen Laden wie meinen gibt es dort sicher nicht, sagte sie halb lachend.

Nein, sagte ich, so einen nicht.

Und wenn du dann in den Ferien kommst, bringst du eine Pariserin mit, sagte sie.

Wenn ich in den Ferien komme, sagte ich, dann stapele ich Konserven, wenn ich nicht etwas anderes bei Ihnen lernen muss.

Madame Grouille war keine von den Frauen gewesen, die auch blind, taub und regungslos verstanden werden wollen. Sie war einfach, attraktiv, sprach ländlichen Dialekt, sie verstand die Welt selbst; erstaunlich waren ihre treffenden Analysen von Städtern und Bauern, Zugereisten und solchen, die ihr Ferienhaus in der Nähe hatten. Sie urteilte kurz und treffend über Staat, Religion, die Steuern und kleinstädtische Honoratioren. Es gab Tage, da kaute sie einfach alles durch und schien zu vergessen, dass sie einen Körper hatte, der sich besser mit diesen Dingen nicht aufhalten, sondern der Liebe widmen sollte. Ihre Empörung ließ sie schneller gehen, sie verursachte an den richtigen Stellen wollüstiges Zittern. War sie einverstanden mit einer Sache, war sie bestimmten Umständen zugetan, dann überkam sie eine herrliche Trägheit, von der aus es zum Boden hinter den Regalen nicht mehr sehr weit war.

Einmal hatte ihr Mann auf dem Feld einen Unfall. Wir rannten hin nachdem man uns gerufen hatte und versorgten ihn. Er hatte Glück gehabt und nur tiefe Schnittwunden an Kopf und Bein davon getragen. Kurz war er abgetaucht, als er uns kommen sah und sich sicher wusste, war ohnmächtig. Gerade als er wieder zu sich kam, küssten wir uns über seinem Gesicht. Er sah ungläubig auf die ganze Welt und Madame Grouille erklärte ihm, sie sei derart glücklich dass er davongekommen war, dass sie das Kind einfach habe küssen müssen. Sie habe doch selbst kein Kind! Damals hörte ich in seinem Beisein dieses *Mein lieber Junge* zum ersten Mal und immer, wenn Madame Bourgin es ausspricht, fällt mir Madame Grouille wieder ein. Von ihr habe ich vieles gelernt. Unter anderem, dass kein Studium der Welt bestimmte Dinge vermitteln kann. Dafür bin ich ihr ewig dankbar.

23.

Es richtet sich so ein, dass ich Madame Bourgin einmal die Woche, sonntags, besuche. Am Vormittag, wenn sie Chantal und ihre Töchter sicher in der Kirche weiß. Sie selbst geht neuerdings, wie sie behauptet, am Vorabend in die Messe. Der Samstagabend ist somit eine echte Eroberung, den sie mit einer Freundin verbringt. Ganz Paris liegt ihr dann zu Füßen, jede Veranstaltung, jede noch so unerwartete Beschäftigung. Ich bin sicher, sie empfindet diese neue Freiheit, mit einer Freundin loszuziehen, als frivoles Vergnügen, selbst wenn beide nur essen gehen. Der Sonntagmorgen kommt ihr gelegen, denn sie sagt jedes Mal:

Oh, mein lieber Junge, das entspannt mich total vor dem anstrengenden Nachmittag mit Maman.

Von mir ist bekannt, dass ich angeblich sonntags bis zum Mittag schlafe, niemand wäre auf die Idee gekommen, dass Madame mich während der Messe empfängt.

Mittwochs besuche ich Chantal, die ihren privaten Bügelabend hat und 'von niemandem' gestört werden will. Immerhin ist es ihre freie Zeit. In meinem Zimmer lasse ich Licht brennen und das aus einem Hotel mitgenommene Schild *Bitte nicht stören* baumelt am Messingknopf meiner Tür. Die ist abgeschlossen, der Schlüssel hängt gemeinsam mit meiner Hose über Chantals Stuhl am Fenster, wo das Radio laut genug läuft. Ich kann sagen, dass ich vorerst rundum glücklich bin, denn einerseits ist mir die Jugend nah, andererseits hat die Reife ihre Hand nach mir ausgestreckt. Dazwischen liegen Erinnerungen an Madame Grouille, die weder 19 wie Chantal, noch 39 wie Madame Bourgin, sondern jetzt 29 sein muss.

Eines ist gewiss, Liebe gehört niemandem. Und weil sie Niemandsland ist, darf sich jeder daran berauschen. Man kann, streng genommen, nicht einmal darüber schreiben, denn wie will man einen flirrenden Tag des Südens, diese außerordentlichen Farben, Blumen, diese Düfte und Geräusche, die Luft, den Himmel darüber in Worte fassen, ohne ausschließlich auf Umgehungsstraßen angewiesen zu sein, die nie zum Kern vordringen können?

Eines Mittwochabends, Chantal hat mir gerade nach dem Lernen vom Nachmittag gehörig eingeheizt, will ich ihr zeigen, dass sie mir etwas bedeutet und so verkünde ich ihr ganz berauscht:

Chantal, wir fahren nach Paris!

Aber, wir sind in Paris!

Ja, ich weiß, aber so wie sie in der Provinz ihrer Frau als Größtes verkünden, nach Paris ... wollte ich dir ...

Sie sind ein Kindskopf, Alexandre, sagt sie lachend, aber ich nehme Ihr Angebot einfach mal an.

Angebot, an?

Ich will, dass Sie mich in die Oper ausführen!

In die Oper!

Ja, in die Oper, die große Welt geht doch in die Oper, habe ich gehört und, da Sie mir Paris versprochen haben, sage ich, ich möchte in die Oper.

Chantal, ich verstehe nicht zu viel von Opern.

Ich verstehe gar nichts davon, sagt sie, ich will nur einmal im langen Kleid dorthin.

Oh, sage ich, da muss ich mich wohl umhören.

Ja, vor allem nach Karten, und ich nach einem Kleid.

Ja, sage ich, ohne Karten und Kleid geht es nicht.

Und da ich mit meiner Bemerkung einen so außerordentlichen Erfolg bei Chantal erzielt habe, mit ihr nach Paris fahren zu wollen, wende ich die gleiche Methode am kommenden Sonntagmorgen bei Madame Bourgin an, die mich nach fünfundvierzig Minuten völlig ausgelaugt in mein Zimmer schickt.

Marie, sage ich erschöpft, ich fahre mit Ihnen nach Paris.

Aber Alexandre, wir sind in Paris.

Eben darum, verheddere ich mich.

Sie können mich aber gern zum Essen ausführen.

Zum Essen!

Ja, ins Tour d'Argent.

Oh Gott, das kostet ein Vermögen.

Es ist ja mein Vermögen, Alexandre, sagt sie, mein Mann hat mich nie dorthin geführt.

Mit der vermeintlichen Liebe ist es nicht anders als mit der richtigen Liebe. Auch sie ist ein Niemandsland, dessen Düfte berauschen. Man kann sich allerdings auch verirren. Ich tröste mich mit dem Gedanken, dass Chantal nach einem ersten Besuch nicht wieder in die Oper will und dass Madame Bourgin es amüsanter finden wird, mit einer ihrer Freundinnen bei *Lipp* zu sitzen. Jedenfalls soll Liebe und vermeintliche Liebe von Einsamkeit befreien. Und da wir unsere individuelle Einsamkeit leben, muss Liebe als Therapie ihnen angepasst werden. Es erstaunt mich, dass der Zustand, in dem ich mich zurzeit befinde, drei Frauen erfordert, wo es doch mit einer einzigen so viel einfacher sein könnte. Man muss annehmen, dass es keine Frau gibt, die alle Bedürfnisse erfüllt, und so lebe ich mit Madame Bourgin, dem Hausmädchen Chantal und Erinnerungen an Madame Grouille in einer Vierergemeinschaft. – Der Besuch der Oper war ein Reinfall, so wie das Essen im Tour d'Argent. Man gab *Tosca*, was ich noch als Glücksfall empfand, doch schon beim ersten Auftakt zuckte Chantal derartig zusammen, klammerte sich an mich, dass ich dachte sie würde es nicht durchstehen. Am sich einstimmenden Orchester kritisierte sie, 'dass die so kurz vorher noch üben müssen'. Den Dirigenten fand sie 'überflüssig', 'der stört doch nur'. Als Cavaradossi so tat als sei er ein Maler, kicherte sie und bemängelte, dass Angelotti, angeblich in der Kapelle eingeschlossen, den Schlüssel gar nicht richtig benutzt habe. Bei Scarpias Auftritt erschauerte sie und kniff mich in den Arm; am Schluss des ersten Aktes sagte sie 'schon wieder Kirche.' Als Cavaradossi gefoltert wurde, bekam sie einen Heulkrampf, weil Tosca tatsächlich tief erschüttert war und Scarpia so skrupellos wie der Leibhaftige, wenn auch etwas zu fett. Toll fand sie, dass Tosca sich mit dem Messer blutig wehrte und sogar den Tod des Bösewichts in Kauf nahm. Am Schlimmsten war es, als Cavaradossi erschossen wurde. Ich versuchte ihr die Infamie zu erklären, dass man ihn angeblich zum Schein hatte erschießen lassen und dass er dann tatsächlich tot war. 'Aber dann hätte man es ja gar nicht so zu machen brauchen', sagte Chantal auf dem Heimweg, auf dem wir uns an der Station Vavin trennten. Das Kleid hatte sie schon vorher bei einer Bekannten gelassen.

Wir machen es wie beim Grafen Palmieri, hat Scarpia gesagt, erklärte ich ihr. Da wusste der Diener, dass es nur zum Schein war.

Dann haben sie es also schon einmal so gemacht, sagte Chantal.

So ist es, sagte ich.

Heulkrämpfe gab es im Tour d'Argent nicht, wohl aber gefühlt mindestens drei Ober pro Person und viel Gehabe von Madame Bourgin. Ich gebe freimütig zu, dass mir die Klientel dort missfiel und dass ich kein Vergnügen darin erkennen konnte, verkrampft und verzückt zugleich Gespräche zu führen, von denen nachher kein Wort blieb. Das alles hat mich derartig gelangweilt, dass ich nicht einmal genau weiß, wie gut oder schlecht es mir dort geschmeckt hat. Madame Bourgin erklärte gleichwohl, sehr glücklich zu sein.

24.

Im November diskutieren wir bei der UNEF noch einmal die Ereignisse vom Mai. Ich entschließe mich während der Diskussion, in Zukunft nicht mehr teilzunehmen. So sehr ich Gewalt verurteile, so notwendig war dieser Aufstand. Es gibt tatsächlich einige Studenten die behaupten, das alles sei doch nichts gewesen. Und was bedeutet es wenn die Polizei die Sorbonne übernimmt, wie am 6. Mai? Dass am 18. Mai 2 Millionen Arbeiter streikten und am 20. Mai bereits 10 Millionen? Dass am 13. Mai mehr als eine Million Menschen in Paris demonstrierten? Doch mein Entschluss steht fest, mein Herz ist nicht wirklich hier.

Weihnachten und Neujahr sind inzwischen leidenschaftslos vergangen, so wie erwartet. Alles schien im Ablauf verlangsamt, weniger aufgeregt als früher und unter dünner Haut aus Trauer und Enttäuschung. Ich hatte noch nicht die Erfolge vorzuweisen, die meine Eltern ganz selbstverständlich für mich vorgesehen hatten. Der Aufruhr kommt nur kurz ins Gespräch.

Madame Bourgin hatte *die Tage* natürlich mit Maman verbracht. Abwechselnd in ihrem Hause und im Fünfzehnten Arrondissement.

Gut, dass man Jugenderinnerungen hat, sagte sie, als ich am 2. Januar zurückkam.

Ich brachte ihr Grüße meiner Eltern und ein kleines Geschenk, das ich in einer Parfümerie in Chartres gekauft hatte. Auf meinem Schreibtisch lag ein Weihnachtsgesteck mit Kerze, Süßigkeiten, sowie das Buch *Die Prinzessin von Clèves* der Madame de Lafayette. Eine gute Wahl, obwohl ich die modernen Schriftsteller vorziehe. Immerhin aber war für die Zeit, als das Buch erschien, 1678, die Psychologie dieses ersten wirklichen Romans geradezu atemberaubend. Die Prinzessin von

Clèves bekennt ihrem Gemahl offenherzig ihre Liebe zum Herzog von Nemours. Wollte Madame Bourgin vielleicht unbewusst ihrem toten Mann nachträglich die Wahrheit sagen? Ich glaube eher, dass sie sich mit dieser Frage nicht befasst hat.

Zwei Monate sind seither vergangen. Februar. Die Zwischenprüfungen liegen hinter mir. Ich habe stark aufgeholt, die Ergebnisse sind beinahe so gut wie früher, das teile ich meinen Eltern in einem lakonischen Telegramm mit. Wenn sie wüssten, was dazu beiträgt! Ihre rührende Reaktion auf eine Zeile kommt prompt.

Und warum hast du nicht angerufen?

Ich bin doch noch gar nicht da, wo ich hin will.

Du willst also noch weiter. Das lässt hoffen. Und wie kommst du sonst zurecht?

Es geht so. Ich komme zurecht.

Ich sage es heiter. Sie werden schon ihre Schlüsse ziehen. Selten, dass beide gleichzeitig an einem Hörer hängen.

Ich muss jetzt zu meinem Job, sage ich schnell, also dann!

Den Job übe ich im Moment gar nicht aus. Aber diese Ausrede schützt mich vor weiteren Fragen zum Studium. Februar. Das blauweiß gestreifte Dachzimmer ist jetzt ein Winterzimmer. Über Dächer hinweg offeriert es einen asphaltgrauen Ausschnitt des eisigen Luxembourg-Parks, Zinkdächer des Boulevard Saint-Michel, Baumwipfel, die Kuppel des Panthéons. So wird die Sehnsucht nach meinem Viertel eher angeheizt, aber ob diese Häppchen genügen, auch unter besten Umständen nicht von hier fort zu wollen, weiß ich nicht. Die Grenze der Sehnsucht liegt eindeutig weit hinter der Rue Guynemer, bei den Wasserspielen.

Dort gibt es an warmen Tagen junge Frauen, die angeblich Vernunft für das Wesentliche halten, aber das Staunen beherrschen, das Spielen, die, wenn sie unvernünftig sind, nicht einmal die Grenze der Vernunft überschreiten müssen. Das Leben soll regelmäßig sein, aber dabei so schön unregelmäßig, dass einem diese Regelmäßigkeit nicht mehr auffällt. Es soll in Regeln schwimmen, aber Grenzen nicht berühren, die den Regeln entsprechen. Die unbestellten Felder der Erregung dürfen nicht konfisziert und bebaut werden. Es muss verboten werden, dass sie in ein Kataster eingezeichnet werden, um dort eine Nummer zu bekommen. All das geht mir durch den Kopf, während ich nach einer Formulierung suche. Über dem Bleistift thront das ferne Panthéon.

Die jungen Frauen des Fünften Arrondissements, vor allem die, die sich in warmen Jahreszeiten nachmittags im Park aufhalten, werden einen wie mich brauchen, weil sie entweder niemanden haben, der sie zum Träumen bringt, oder aber noch keinen kannten, der ihnen beibrachte, was man vermissen wird, wenn man den, der sie zum Träumen bringt, nicht mehr hätte.

Der Park, ein großes, sanftes Buch.

Der Bleistift kommt endlich zur Ruhe, die Kuppel des Panthéons steht in stoischer Verkleinerung vor meinen Augen. Ich schreibe gern mit Bleistift, das weiche Gleiten formuliert fast von selbst. Nur jetzt fällt mir einfach nichts ein. Vor allem nicht zu 'Apollinaire als Held einer dichterischen Automatik'. Auch die Aufgabe 'Cocteau und der Raum elternloser Kindheit' kann mich nicht beruhigen. Ich weiß nicht wo ich bin. Die Grenze der Sehnsucht kann genau gezogen werden; über die Distanz meiner Abwesenheit von dem, was ich liebe, besteht mit mir selbst kein Einvernehmen. Da hilft nur etwas verdammt Praktisches. Aber niemand soll mich fragen was.

Ich durchstreife das Haus, wo niemand außer mir anwesend ist. Im Keller gibt es nichts Besonderes. Außer, dass ein paar Dinge an Monsieur Bourgin erinnern, ein Trimmrad, das er nicht benutzt hat, ein Fahrrad auf dem ihn Jahre keiner sah ... Die Zimmer der Mädchen stehen offen, haben kein Geheimnis.

Madames Schlafzimmer gleicht einem eroberten Camp. Auf dem Dachboden entdecke ich Weihnachtsschmuck. Ich kann es mir nicht verkneifen, ich schleppe die Kartons nach unten, schmücke die Bäume des Gartens, die grotesk wirken. Dann bringe ich die leeren Kartons nach oben und setze mich mit einem Buch in ein Café am Boulevard Saint-Michel. Unschuldig komme ich erst spät nach Hause und weiß von nichts.

Wer immer diese Idee hatte, sagt Madame Bourgin, denn es könnte ja theoretisch jeder von uns gewesen sein, ich finde, wir lassen den Garten jetzt wie er ist, bis zum nächsten Weihnachten. Immerhin ist er nun nicht mehr so trist, und neuen Baumschmuck hätte ich sowieso einmal kaufen müssen.

Ich stelle mich dumm. Die Mädchen grinsen, denn sie finden die ganze Angelegenheit einen wahren Coup. An einem unserer erotischen Sonntagmorgen-Begegnungen, die Madame Bourgin leichtsinnigerweise einmal *brunch* genannt hat, fragt sie mich auf dem Höhepunkt nach dem Weihnachtsschmuck und ich täusche unmittelbar darauf einen äußerst bösen Krampf vor.

Oh Gott, oh Gott, ruft sie, wenn die jetzt zurückkommen!

Es geht nicht, sage ich, ich komme nicht weg, dieser Christbaumschmuck hat mich geschafft. Marie, wie konnten Sie mich verdächtigen!

Mein lieber Junge, mein lieber Junge, jammert sie, entspanne dich, ich werde nie wieder ...

Marie, entspannen Sie sich auch, rufe ich.

Ich entspanne mich, ich entspanne mich ...

Versprechen Sie mir etwas?

Ja, ja ...

Ich möchte für unseren kleinen Helden da unten eine rote Schleife.

Die kriegt er.

Es hat funktioniert, lache ich, und jetzt die rote Schleife.

Im letzten Augenblick, sie hat gerade die Schublade geschlossen und die Schleife gezogen, hören wir die Klingel im Treppenhaus. Ich jage mit meinen Sachen unter dem Arm, ansonsten prächtig geschmückt, in mein Zimmer, wo ich den Schlaf bis eins vortäusche.

25.

Letztlich können solche Kinkerlitzchen nicht davon ablenken, dass mein Leben in der Rue Madame nicht von Dauer sein kann. Es war immer so: Wenn mir Dinge klar werden, beginne ich im gleichen Augenblick schon lautlos mit der Demontage. Manchmal sind es nur einzelne Ziegel, es fällt nicht weiter auf. Beschlossene Sache, sage ich mir dann und oft bestärken mich die danach eintretenden Umstände. So kann es sein, dass mir ein Vorteil erwächst, der die Angelegenheit fördert, oder aber durch meine Entschlossenheit die Dinge von selbst in Bewegung geraten. Sollte aber ein Nachteil eintreten, der den Entschluss verhindern will, dann werden bei mir ungeheure Kräfte frei.

Die Demontage ist zunächst nur innerlich. Mein Körper muss meinem Viertel in dem Sinne wieder näher kommen, dass er sich in die Anziehungskraft begibt, ohne eine Alternative zu haben. Dazu genügt es nicht dort Vorlesungen zu besuchen, wie ich es täglich tue. März und April kann ich noch in der Geborgenheit der Rue Madame aushalten, habe aber vorsichtshalber meinem früheren Patron gesagt, dass ich mein Zimmer vermisse und dass er etwas unternehmen möchte, damit es Ende April frei für mich wäre. Dort zeigt man sich erfreut und verspricht, alles Mögliche zu tun.

Kann es sein, dass Madame Bourgin etwas spürt? Sie sagt

nichts, verhält sich nicht, als seien wir ein altes Ehepaar, bei welchem an die Stelle der Liebe so etwas wie Komplizenschaft getreten ist; ihre Zuwendungen werden stattdessen heftiger, vielleicht ja auch verzweifelter. Chantal ist nüchtern genug zu verstehen, dass ich, wenn ich es will, jeden Tag verschwinden würde. Die Töchter werden skeptischer angesichts der ganzen Konstruktion in der wir leben; zuweilen entlädt sich bei Tisch ein kleiner Sarkasmus, der mit einem lauten Löffel in einer der Schüsseln untergeht. Das geschieht sonntagabends, wenn wir gemeinsam essen, 'um dabei Dinge des Alltags zu besprechen'. Madame hebt den Blick als verstünde sie nicht ganz, doch so als wolle sie gleichzeitig sagen, ich verstehe sehr gut, aber die Entscheidungen treffe ich. Marie Bourgin entscheidet nicht mehr. Ich habe mich entschieden.

Im März werde ich ernsthaft krank. Eine heftige, eitrige Angina. An der Art der Zuwendung erkennt man deutlich, wer mich halten will und wer nicht. Im Ganzen bestätigen sich meine Annahmen. Meine Eltern besuchen mich spontan, sind entzückt über meine Lebensumstände, führen ein längeres Gespräch mit Madame Bourgin. Danach scheinen sie sich noch sicherer zu sein, dass es für mich keinen besseren Platz geben kann. Ich deute an, – was soll ich auch sonst machen – , dass man es in diesem Hause mindestens von zwei Seiten auf mich abgesehen habe. Ich müsse mich regelrecht wehren, die Sache aber noch beobachten. Ich sei aber nicht an solchen Liebschaften interessiert, sondern an meinem Weiterkommen.

Du meinst ..., ich meine, du meinst tatsächlich ...

Ja, ich meine, sage ich, es hat schon deutliche Versuche gegeben.

Meine Eltern beschließen sich nichts anmerken zu lassen, aber ich wundere mich nicht, dass sie mir in der folgenden Woche ankündigen, mir wieder die alte Summe zukommen lassen zu wollen, ja, angesichts meiner Erfolge, diese sogar erhöhen möchten. Ich sage daraufhin meinem früheren Patron für den 1. Mai zu. Der *joli mai* liegt bereits ein Jahr zurück.

Heimlich schaffe ich nun nach und nach Dinge in das Fünfte Arrondissement, um sie bei meinem Patron abzustellen. Ich habe vor, an einem gewöhnlichen Sonntagabend einfach die graue Lederjacke überzuziehen und ein leeres Zimmer mit offenem Fenster und frisch bezogenem Bett zu hinterlassen. Ich werde bei Tisch erklären, nicht länger bleiben zu können, weil ich Angst hätte mich zu verlieben. In wen, das verschweige ich und so kann es sein, dass vier weibliche Personen bei einem angefangenen Essen mit offenem Mund zurückbleiben und jede von ihnen ernsthaft meinen Spruch auf sich beziehen kann.

Madame entfährt nichts als ein hilfloses *Aber mein lieber Junge*, die Töchter sehen sich an, raten verzweifelt, Chantal wirkt blass, auch ihr hat es die Sprache verschlagen.

Aber Ihre Sachen Alexandre, ruft Madame den Tränen nahe.

Es ist schon alles fort, sage ich. Ich hatte keine Wahl.

Rue Madame, Rue Guynemer, Alleen im Park, zweimaliges Umkreisen des Wasserbeckens, Verweilen auf einem der hellgrünen Metallstühle, hinauf zum Hauptausgang am Boulevard Saint-Michel. Hinüber zur Rue Soufflot, noch ein paar Minuten, eiliger werdende Schritte. Eintauchen in das heruntergekommene Studentenhotel der Rue Laplace. Auspacken, einräumen, die Fenster aufstoßen, die Dächer, die Welt umarmen. Erst jetzt sehe ich, dass meine Wirtsleute die Wände weiß überstrichen haben. Die düstere Tapete darunter scheint an einigen Stellen mager durch. Die Farne wie im Nebel. Sie wollten mir eine Freude machen. Es erklärt, warum alles größer erscheint. Das hatte ich zunächst allein mit Wiedersehensfreude belegen wollen. Ich muss das Neue verschmerzen. Ich tröste mich, denn es ist das einzig Neue in meinem Zimmer.

Am Abend leiste ich mir ein Essen im *Balzar*. Ist es das triumphale Gefühl jemanden verlassen zu haben, das wir alle irgendwann einmal brauchen, oder ist es ganz einfach die Rückkehr ins Quartier Latin, wo mir jeder Stein bekannt ist? Man hebt die Hand, man nickt, es trifft fast immer einen, den man kennt und wenn nicht, dann erkennen einen die Farben, das Licht, die besondere Mischung aus Intellektualität und Gleichgültigkeit. All das.

Ich werde so tun, als seien mir Frauen gleichgültig, jetzt wo ich hier bin, ihre Hände, ihre Schultern, ihre Augen, die Münder, das Haar, ihre Beine, Füße, Bauch und Po. Ihr Augenaufschlag, Staunen, Spielen, die Ahnungslosigkeit, ihre Überlegenheit. Irgendwann wird mich die erkennen, der ich nichts von mir erklären muss. Eine Frau, die sogar Eigenschaften, die ich an mir selbst nicht schätze, so glaubwürdig positiv darstellt, dass ich sie gern für bare Münze halten möchte. Ich werde nicht mehr suchen. Suche bedeutet Verstellung, bedeutet Maske und Requisiten, Suche verursacht einen anderen Herzschlag, andere Lichter in den Augen, einen fremden Geruch. Suche täuscht ganz einfach einen anderen vor. Hoffentlich ist es keine japanische Touristin.

26.

Es kann nicht sein, sage ich mir am Montag nach meinem Auszug aus dem Hause Madame Bourgins, dass ich Liebe nur fühle, wenn ich sie spiele. Der Gedanke an Liebe lässt mich indessen nicht los, obwohl ich doch gerade die Suche danach abgeschafft habe. Ich bringe trotz allem am Schwarzen Brett für Studenten: 'Kaufe ..., Verkaufe ..., Suche ..., Biete ...', einen Zettel an, die Fotokopie meines Fotos, auf dem man mich leidlich erkennen kann, in der rechten oberen Ecke:

‚Ich, Alexandre, 23, *licence en lettres*, bin gegen das Verlöschen der Leidenschaft! Hinterlasst Namen, Telefon und Eure Adresse.'

Selbst wenn es darauf keine Reaktion gibt, hat sich die Sache gelohnt, allein das Aufhängen, die Vorstellung von Reaktionen bei denen, die den merkwürdigen Aushang lesen, genügt mir, einen gewissen Kick zu spüren. Unfreiwillig bestätigt sich meine Annahme, dass das Spielen mit der Liebe mir wahre Gefühle vermitteln kann.

Schon am nächsten Tag finde ich Sticker an meinem Zettel, die von gelb über rot bis grau Stimmungslagen und Personen verraten, die meiner Ansicht sind. Allerdings, ohne weiteren Schritt werde ich nicht herausfinden, ob einem gemeinsamen Statement nun praktische oder nur theoretische Übungen folgen sollen.

Verdammt, sage ich mir, du bist bereits wieder auf der Suche, du solltest endlich konsequent sein, nichts mehr unternehmen, was dich selbst ins Spiel bringt. Untertauchen unter das Studium, abtauchen ins Kühlfach des Strebens. Es ist ja nicht für immer. Allerdings ist, zugegeben, der Mai ein hormonell ungünstiger Monat dafür und die Anstrengungen sind daher doppelt so groß.

Die Zimmerfrau, die das Bett macht, den Papierkorb leert, den Boden mangelhaft fegt oder wischt, trägt jetzt eine Perücke. Sie redet kaum noch. Es scheint ihr egal zu sein, zu welcher Tageszeit sie was macht. Ist ihr aufgefallen, dass ich Monate fort war? Nebenan höre ich keinen Husten mehr. Der russische Emigrant muss ausgezogen sein. Die Woche drauf habe ich Klarheit. Da wohnt jetzt eine etwas dickliche Italienerin unbestimmten Alters in Schwarz, die mich breit anlacht und *Ciao Bello* sagt, sobald sie mich sieht. Keine Ahnung was sie tut. Diesen sonderbaren Blick nimmt sie mit ins Zimmer, es scheint als hielte der lange da an.

Monsieur Valentins Zimmer wird gerade renoviert. Endlich sind wir die los, hat der Patron gesagt. Madame war schon vorher verschwunden. Keine Ahnung wohin. Über mir höre ich gelegentlich den Mann mit dem verkrüppelten Bein. Gesehen habe ich ihn nicht. Wohl aber Véronique auf der anderen Straßenseite, ohne Dutt. Sie weiß wohl nicht, dass ich ausgezogen war, hebt die Hand als wolle sie sagen, wir kennen uns ja, aber stehen bleiben will sie nicht. Ich will es auch nicht. Nur noch Studenten, sagt mein Patron. Alle anderen werden hier verschwinden.

Am Samstagabend erscheinen mit einer guten Stunde Abstand Chantal und Madame Bourgin. Die muss ihr in einer Aussprache, die Madame von Frau zu Frau gebraucht hat, alles offenbart haben.

Madame Bourgin: Ich komme lediglich um festzustellen, ob Chantal Ihnen trotz allem noch nachsteigt. Das hat sie behauptet. Es ist alles so schade, ... aber dass Sie mit ihr etwas hatten ...

Chantal: Wollte nachsehen, ob Madame eventuell doch bei Ihnen ist, ... konnte ja nicht gut gehen mit uns, Sie sind vom zu vielen studieren so geworden!

Tief in den Büchern, hatte ich mit beiden Frauen nicht gerechnet. Die Italienerin, mit Besen und Kehrblech im Flur beschäftigt, hat beide beim Fortgehen, – es waren jeweils nur zwei Minuten die sie da waren – , gesehen, sie findet nun sicher alles bestätigt, was sie von mir angenommen hat. Das wird sie reizen, ich muss mich wappnen. Oder die Pathétique auflegen.

Anstatt zu versuchen wieder in meinen Text zu kommen, rufe ich vom Flur aus bei Jean-Marie an, der mir kaum noch etwas bedeutet. Aber so wie der Nichtraucher nach einer Zigarette greift, eine Verlegenheitshand sich Pralinen in den Mund stopft, die sie sonst nie berührt, so lasse ich das Telefon klingeln mit dem Gedanken: Nimm schon ab, alles was mich jetzt ablenkt ist mir recht.

Jean-Marie ist nicht da. Kein Wunder, wenn man so weit vom Geschehen und so beengt wohnt, kommt man sicher nur nachts zum Schlafen dorthin. Außerdem ist es Samstagabend. Jeder noch so Strebsame wird den unter Menschen verbringen. Ich verlasse das Haus, muss unter Leute, bloß keine Suche, die Augen auf dem Pflaster oder im dämmernden Himmel. Einfach weiterlaufen, an der Place du Châtelet vorbei, den Boulevard Sébastopol, die Rue de Turbigo bis zum Canal Saint Martin. Ja, nach dem Canal Saint Martin ist mir jetzt zumute. Mit einer neugeborenen Wut vermeide ich Blicke der Frauen, vermeide es ihre Augen zu suchen, ihre Brüste, ihren Gang zu registrieren, ihr Lachen wie Sprudel zu trinken, die beschreibenden Arme wahrzunehmen. Die, die allein gehen, lasse ich mit gleichgültig-traurigem Blick vorüberfließen. Nicht einmal das ungefähre Alter will ich wissen. Ich will nichts wissen, außer was ich schon weiß, aber das nicht gerade über die Frauen.

Der Canal Saint Martin greift mit dem Geschmack des Viertels nach mir, mich umhüllt verträumte Lebensfreude. Es macht mir nichts aus allein zu sein. Filme rollen ab, das *Hôtel du Nord*. Ein verkapptes, vergangenes Paris innerhalb Paris, das, filigran-behäbig, tief erstaunt. Über den Steg gegenüber läuft plötzlich die Schauspielerin Arletty, der Film, ruft ihre Filmworte: *Atmosphère, atmosphère ...*

An den Ufern treiben Liebespaare, die ich meiden muss. Der Name *Rue de la Grange aux Belles* gefällt mir außerordentlich. Straße zur Scheune der Schönen. Schon wieder bei den Schönen, doch gleich darauf erreiche ich die Rue des Vinaigriers, womit ich, – sei es für meine neuen Intentionen so gewollt – , beim nüchternen Essig bin.

Sonntag. Die Welt ist angehalten. Das Bett, frisch bezogen, vermittelt völliges Neusein im Leben. Die Geräusche des Viertels, durch Stille veredelt, als sei man aufs Land gefahren. Bei Madame Bourgin, wo man vom Bett aus nur Himmel sah, schien im Fensterausschnitt, in dem nie ein nachdrücklicher Alltagslaut segelte, immer Sonntag zu sein. Provinz.

Die Sonne steht erwachsen vor der grobmaschigen Gardine. Verfolgt von Schatten aus der Siesta der Höfe. Zinkdächer wandern im Mittag. Licht tritt ins Zimmer. Der untere Rand der Gardine, vom Hängen schief, wird als altertümlich grobe Spitze auf dem Boden abgebildet. Bis zur Mitte des Raumes versuchen sich kleine, harte Lanzen aus Licht.

27

Ist das Leben eine Falle? Sind wir, endlich vom Schoß der Eltern geflohen, in lebenslängliche Fallen gegangen? Oder war schon der Schnitt durch die Nabelschnur der Fall ins Nichts? Ist das Lernen eine Falle, die Regeln fürs Leben, die Heirat mit einem 'anständigen Mädchen', das drei Mal tägliche, ausreichende Essen? Was ich sehe, macht mich zum Richter. Aber ich will kein Richter sein. Wäre ich ein Vorbild, müsste ich nicht alles bemängeln. Aber ich will auch kein Vorbild sein. Ich kann diese Fragen untersuchen, aber ich kann keine Antwort geben. Und ist es nicht besser ich entscheide nichts, auch wenn ich untersucht habe? Warum lebe ich gerade das Leben das ich lebe, wo ich doch fünfzehn andere hätte leben können?

Das Sonntagszimmer, – wöchentlich unschuldiger Neuanfang vor Montagslektionen – , vier mal drei Meter, Tisch, zwei Stühle, Schrank, Bett, Waschbecken, Bidet, in dem ich gern die Füße wasche, Nische mit Vorhang für Koffer und Jacken. Mitte Mai, fünfundzwanzig Grad. Die Fensterflügel weit offen, der Rauch der Zigarette windet sich blau. Ein asketisches Zimmer, ein Zimmer der Kontemplation, der Erinnerungen.

Den Tag im Luxembourg-Park verbringen. Bücher wie *Theorie der Literatur* und *Wege des Romans* mitnehmen. Zwei Stühle, einen für die Füße, einen zum Sitzen, auf den Knien das halbe Studium. Der für die Füße wird toleriert. Denn eigentlich gehört das Verbot zu den strengen Regeln. Für alle Fälle ein leeres Heft. Endlich einen Roman beginnen. Immerhin den Anfang wagen. Den ersten Satz habe ich schon im Kopf, aber er widerspricht meinen Plänen: *Als er sie das erste Mal sah, wusste er, dass sein Haus kein Dach mehr hatte.*

Es ist also so, ich suche eine Liebe die zum Heulen schön ist. Aber die gibt es nur in den Büchern. Die findest du nicht auf dem Weg vom Provinz-Bahnhof zum Elternhaus, wenn du für zwei Tage nach Hause fährst. Dort, in manchen Straßen der Provinz, fegen alte Frauen in immer gleichen, geblümten Kleidern die Schwellen und man weiß nicht, sind die Stufen vom Betreten oder vom nutzlosen Fegen so bauchig. Aber heißen Dorfstraßen, gesäumt von kleinkronigen Alleebäumen, bin ich verfallen.

Die wahre Liebe muss uns offenbaren, was wir eigentlich nicht wissen können.

Im Jahr zuvor hatte mein Zug Verspätung. Mein Vater war mitgekommen zum Bahnhof, wo wir uns eine halbe Stunde in die Kneipe setzten. Er redete nicht viel, er hatte seine Sorgen. Am Nebentisch schwadronierte ein Mann über das Leben, zwei andere hörten ihm zu. Kurz bevor wir aufstanden, sagte einer der bisher Schweigsamen:

Aber Louis denkt immer an eine andere, wenn er mit seiner Frau schläft.

Dazu der Schwadronierer: Ein gutes Rezept, ich habe das ganze Leben dabei an andere Frauen gedacht, das ist das Geheimnis meiner langjährigen Ehe.

Es ist eine Binsenwahrheit, dass man zum Lernen viel Sauerstoff braucht. In der Nähe der Fontaine de Médicis ist es schattig, man ist quasi für sich. Dort ist man in einer anderen Zeit. In einem Roman des vergangenen Jahrhunderts. Jeden Augenblick könnte George Sand vorbeikommen. Dahin gehe ich mit guten Absichten, einem kleinen Proviant und den Büchern. Selbst wenn ich mit normalen Augen durch den Tag gehe, werde ich nicht rückfällig werden. Nachdenken über das Thema, gelegentlich, aber mehr nicht, na klar hilft das. Außerdem, es ganz zu unterdrücken wäre falsch. Ich werde vieles schaffen, Theoretisches soll mich heute nicht blockieren. Und ich sage mir, ohne Theorie geht es nicht. Auch die ständig entwickelten Theorien über die Liebe haben mich schließlich nicht zurück geworfen.

Gelegentlich stelle ich mir diese Stadt aus großer Höhe vor, ein nächtlich bebendes, fast rundes Brett, schematisch unterteilt nach Arrondissements, den Bezirken, worin als lockende Sterne vereinzelt Orte markiert sind, an denen ein Mensch für mich vorgesehen ist, eine Frau, die derart unmissverständliche Signale sendet, dass sie in Licht umgewandelt werden. Und am Grad der Helligkeit könnte ich die Rangfolge erkennen.

Ich sähe die Linien der Stadtteile und beim Näherkommen würde die Straße und schließlich das Haus sichtbar, bis mein Auge das Fenster fände, wo der Stern angeheftet ist, hinter dem sie gerade den gleichen Traum träumt. Ich würde kein Arrondissement, auch nicht das 19. oder das 20. auslassen. Nicht die Viertel Belleville, nicht Ménilmontant, nichts, nicht einmal das Dreizehnte Arrondissement, wo sich die Chinesen breit gemacht haben.

Auf dem Eiffelturm kann dieser Traum kurz geträumt werden, doch ist alles zu diffus von da oben, zu verworren, am Ende sagt man sich, je mehr du hinsiehst, desto unwahrscheinlicher wird der ursprüngliche Traum. Ein Landeplatz der Liebe, auf dem man lautlos aufsetzt, nicht ohne die, die keine Einzige sein muss. Und wäre es eine Einzige, so würde jeder Stern, verteilt auf dem nächtlichen Brett, einen wichtigen Aspekt ihrer Person darstellen, den ich ernstzunehmen hätte um sie als ewig gültiges Puzzle zusammenzusetzen.

In der Hitze habe ich den romantischsten Schatten von Paris aufgesucht. Ich werde wach, lese nahe der Fontaine de Médicis in der *Theorie des Romans*, alles ist darin so eintönig, wie frühe, unentschlossene Winter, Worte rattern gleich Münzen aus Automaten. Kurz bevor ich nach Hause gehe, sehe ich eine junge Frau ohne Charme, bei der das Wort Cappuccino wie Katechismus klingen muss. Und erinnere mich an eine, die mit einem Wimpernschlag im Glitzern der Fontaine de Médicis verschwand.

An der Rue Gay Lussac sagt ein junger Mann zu einem anderen, während sie auf dem Bürgersteig des *Royal*, wo auch ich hin und wieder sitze, am runden Tisch mit gusseisernem Fuß einen Kaffee trinken, beide offensichtlich Touristen aus Deutschland: Französinnen sind so und so. Ich war schon fast vorüber. Mich erstaunt, welche Bilder in den Köpfen unserer Gäste kursieren, weiß ich doch selbst nicht was eine Französin ist. Und wer weiß überhaupt was eine Frau ist? Im Sinne dieser Fremden, die eine vorgefertigte Erscheinung im Kopf haben, ist eine Französin jedenfalls keine Französin; ich kann es mir nicht verkneifen zu sagen:

Französinnen sind in keiner Weise Französinnen! Vielleicht sind sie eine literarische Erfindung?

Ich lächele vieldeutig, bezahle meinen Kaffee, ich gehe. Fast ratlos greifen sie zur Zigarettenschachtel, schlagen die Beine übereinander. Jeansshorts, Sandalen, weiße Socken.

In mein Sonntagszimmer dringt letzte Sonne von rechts, trifft den roten Vorhang meiner Nische, wo sie ein kleines Areal zum Glühen bringt. Mein Butan-Gaskocher brennt rauschend, Nudeln beginnen weich zu werden, ich habe viel geschafft, viel nachgedacht. Während ich rühre, stelle ich mir vor wie es wäre, in einem glücklichen Moment sich an ein Unglück zu erinnern, sich so das jetzige Glück noch bewusster zu machen. Die Nudeln sind fertig. Sie haben zehn Minuten gekocht.

Life is never the end of the matter, sage ich laut und unmotiviert, und in Englisch.

28.

Die Zwischenprüfungen im Juni werde ich nie vergessen. Das hat eine Reihe von Gründen. Die Resultate sind makellos. Mir ist nach wie vor schleierhaft, wie es zu diesem Triumph kommen konnte. Ich glaube, dass meine neue Einstellung äußerlich sichtbar ist, dass sie auf Professoren und Prüfer abfärbt, dass in meine schriftlichen Arbeiten eine Klarheit einfloss, die mich in einem wahren Schub nach vorn gebracht hat. Mit diesen Zwischenprüfungen im Gepäck fahre ich kurz vor Beginn der Semesterferien nach Hause. Mir ist die ganze Welt egal, gleichzeitig finde ich es einfach und herrlich zu leben.

Samstag. 8.31 ab Montparnasse, 9.41 an Chartres. Am Bahnhof wird mich meine Mutter mit ihrem grünen, alten Citroën Ami abholen. Meine Eltern wissen noch nichts von den Ergebnissen. Ich habe es am Telefon so geheimnisvoll gehalten, dass ihnen alles möglich scheint. Eine halbe Stunde vor Chartres setzt sich mir gegenüber eine echauffierte, junge Frau mit schwungvollem Rock.

Oh, ah, mon dieu, ce n'est pas vrais! Mein Gott, das ist wohl nicht wahr!

Sie empört sich über einen hartnäckigen Verfolger im anderen Wagen, von wo sie gerade kommt. Ihre Empörung ist so echt, so einnehmend, dass ich alle Sinne zusammennehme um sie zu teilen. Sie ist, ja wie ist sie? Sie ist zehn Zentimeter kleiner als ich, ähnelt ein wenig der jungen *Marion Cotillard**, ihre Haare haben tiefes Braun, die Augen jedoch ein Blau wie in gewissen Kirchenfenstern. Sie geht in den ersten Schuldienst, in die Provinz. Grundschule. École primaire. Lehrerin. Wir reden, ihr Gesicht wird klar. In Paris wohnte sie nur zwei Straßen von mir.

Licence en lettres, aha!

Ich zeige meine Ergebnisse. Das Ergebnis ist, ich wünsche mir meine Mutter holte mich nicht ab. Hat sie schon ein Zimmer, für wie lange bleibt sie in Chartres? Sie trifft sich mit dem Direktor ihrer neuen Schule, wo sie im September anfängt, danach fährt sie für die Sommerferien zu ihren Eltern nach Fontainebleau. Es gab nur den einen Vormittag, an dem sie sich persönlich vorstellen konnte. Nur diesen Zug. Der Direktor erwartet sie um elf in der Schule. Am Nachmittag wird sie zurückfahren. Wieso sollte sie heute zurückfahren, wo ich erst morgen fahre?

Noch zehn Minuten. Mein Kopf fast besinnungslos. Ihre Augen tasten alle Jahre ab, die ich gelebt habe. Sie weiß es und ich weiß es. Unsere Häuser haben kein Dach mehr. Ich kenne sie nicht, sie kennt mich nicht und doch muss nichts mehr gesagt werden. Das nicht vorhandene Dach wird sicher schützen, nur diesen weißen, unschuldigen Flockenteppich durchlassen, der unaufhaltsam niedersinkt.

Dominique, sage ich, ich fahre erst morgen zurück. Ich brauche Ihre Adresse, ich brauche ...

Morgen ..., sagt sie, hm, ich nehme ein Zimmer. Chartres wollte ich schon immer mal sehen, um siebzehn Uhr am Bahnhof ...

Dominique, sage ich, Sie haben Hände wie ... wie niemand ... ich werde meiner Mutter sagen, dass wir uns schon lange kennen ... was rede ich ...

Alexandre, sagt sie, wir fangen mit keiner Lüge an.

Aber, es hat alles schon lange angefangen ... lange bevor ich Sie kannte. Lange vor der Zeit.

Wir kennen uns nicht, wir wissen nur etwas ... aber keine Lügen.

Es sind nur noch fünf Minuten ...

Dominique, Sie sind in der Rue des Carmes und ich ... um die Ecke, in der Rue Laplace ...

Nur noch zwei Wochen, dann in ...

... Fontainebleau und danach Chartres, wer hätte das gedacht?

Das Leben besteht aus Millionen von fünf Minuten, Alexandre, das sind die Moleküle der Zeit ...

Dominique, warum gibt es Sie ... ich meine ... was ...?

Kurz vorm Aussteigen umarmen wir uns, wir bleiben so stehen, bis der Zug steht. Wir sehen uns an. Wir hören nicht auf uns anzusehen. Mir kommen die Tränen.

Morgen Nachmittag um fünf, sagt sie.

Morgen um fünf, sage ich.

Ich wanke aus dem Bahnhof. Meine Mutter wartet dort mit dem Wagen. Sie rätselt, sie hat drei Erklärungen für meinen Zustand. Ich bin krank, ich habe sehr schlechte Noten, ich bin wegen guter Noten überarbeitet. Das alles sehe ich in ihren Augen. Sie fragt nicht, sie sagt lediglich:

Komme erstmal nach Hause.

Ja, sage ich, erstmal nach Hause.

Ich denke indessen nur an Dominiques Augen. Dieses Blau, wie klare Musik hinter warm getöntem Glas, das dann gefahrlos zersprengt. Zum ersten Mal habe ich nicht zuerst auf die Brüste gesehen. Und da ist noch dieser Mund, die Stirn, die Haare, ihre Hände ...

Mein Vater sitzt im Arbeitszimmer. Seine Augen sind neutral. Er ist auf alles vorbereitet. Dass ich freiwillig so kurz vor den Ferien komme kann bedeuten: Alles ist bestens oder alles ist miserabel. Als ich die Tatsachen auf den Tisch lege, fallen sie mir um den Hals und schlagen vor, dass ich ganz ungestört im Gartenhaus schlafe. Dort sind Kindheitserinnerungen und sie wissen, wenn ich in allerbester oder übermüdeter Verfassung bin, will ich dort am liebsten eine Zeit abtauchen.

Dort sind die ersten Erfahrungen mit Mädchen. Drei Brüder, die abwechselnd die Stellung hielten, damit unsere Eltern nicht störten.

La morosité est finie, ruft mein Vater. Die Verdrossenheit ist vorbei.

Wir essen dann um drei zu Mittag, sagt meine Mutter, so hast du erst einmal genug Zeit.

Ich habe mich übrigens verliebt, sage ich, es ist endgültig.

Sie schauen sich an, sie lächeln, sie werden blass. Sie wissen nicht, ob meine guten Noten damit zusammenhängen, oder ob die Liebe erst nach den Noten kam. Weil sie es nicht wissen schweigen sie.

Aha, aha, sagen sie lediglich, was alle Fragen offen lässt.

Ja, sage ich, es gibt nichts Größeres als die Liebe.

Ich gehe zum Gartenhaus hinüber, wo es zwei Betten mit karierter Wäsche gibt. Auf dem Tisch stehen eine Obstschale und eine Flasche Wasser. Ich habe es ihnen gesagt, weil sie mit diesen Noten alles verkraften können und weil ich weiß, ich werde Dominique nicht wieder hergeben. Dabei kann kein Mensch wissen, ob sie tatsächlich morgen Nachmittag um siebzehn Uhr am Bahnhof stehen wird. Aber sie wird, ich weiß es trotzdem.

Bevor ich einschlafe, lache ich laut auf bei dem Gedanken, dass ich ab September vermutlich jedes zweite Wochenende in Chartres verbringen werde, ohne jedes Mal meine Eltern zu sehen. Für den Moment bin ich froh, dass meine Geschwister nicht auch zu Besuch sind.

Gegen vierzehn Uhr werde ich wach, schließe schnell die Augen wieder, denn ich will diese Hände, diese Beine, diesen Gang, die Lippen wenn sie sprechen, wenn sie schweigen, dieses Haar, die sich drehenden Sommerschultern, den Himmel in Augen und Leib, mit dem ich erwacht bin, nicht wieder loswerden. Ich krame gegen halb drei in meiner Tasche, lege das leere Heft auf den Tisch und schreibe:

Als ich sie das erste Mal sah wusste ich, dass mein Haus kein Dach mehr hatte.

Um Punkt drei trete ich aus dem Gartenhaus und rufe überaus laut und fröhlich ins Haus:

Wir können endlich essen!

29.

Ich bin jetzt siebenundzwanzig. Dominique ist neunundzwanzig, sieht aber aus wie fünfundzwanzig. Ich habe mit vierundzwanzig das Studium erfolgreich beendet. Wir leben inzwischen in La Chapelle-Saint-Mesmin bei Orléans in einem historischen Haus an der Loire, das wir ihren Eltern verdanken. Ich habe einen guten Job bei der führenden Zeitung. Dominique unterrichtet im Gymnasium in Orléans. Im Augenblick ist sie noch wegen der Geburt unseres Sohnes Pascal, vor sechs Monaten, vom Dienst freigestellt. Es ist Sommer, ein Samstag, wir sitzen im Garten.

Meine Eltern kommen gelegentlich, wir besuchen sie. Auch Dominiques Eltern kommen von Zeit zu Zeit, oder wir fahren hin. Ein paar Freunde. Ein paar Ausflüge. Paris haben wir abgehakt. Mir kommt unser Leben vor wie einer von diesen unwirklichen, idyllischen Romanen. Aber es ist einfach so: Jeden Morgen wenn ich aufstehe, denke ich, ich werde neu geboren, solange Dominique da ist. Es gibt in ihren Augen keinen Hinterhalt. Es gibt keinen einzigen Satz, den man später anders auslegt. Wir sagen es uns nicht laut, wir wissen es mit den Augen. Mit den leisesten Blicken.

Gerade bringt sie ein volles Tablett, ich springe auf, um ihr die Stufen hinab zur Rasenfläche zu helfen. Hinter ihr die weiße Sprossen-Doppeltür mit dem historischen Glas und den winzigen Einschlüssen, den geschwungenen Vorhängen dahinter, beigefarbenes Leinen von Boussac, blau bedruckt. Und in der Sonne, die sie voll trifft, und auch so, als käme zusätzliche Helligkeit von unzähligen Querschlägern, zerfällt sie in lauter sprühende Farbpartikel. Es sind winzige, flimmernde Stückchen, als habe der Meister der Pointillisten, als habe Seurat selbst, das was er aus seinem Herzen und dem Licht zusammenfügte, wieder zerfallen lassen und ich, nur ich hätte es als Bild mit meinem Herzen wieder vereinigen können. Doch vorerst hat sich die in Licht, Farbe und Wärme zerfallene Dominique überall niedergelassen, auf Rasenflächen, den Bäumen, dem Gartenhaus, sie bestäubt den Tisch, die Decke wo Pascal schläft, ja selbst auf dem Kind ruht ihr Licht, geht sogar über den Horizont hinaus, wobei es drei segelnde Wolken nicht auslässt. Tausende zersprengter Farben, die eine einzige sind. Doch welche Farbe ist es tatsächlich?

Mit Dominique zerfiel in der Sonne eine Frau ohne Aufsetzungen, klar, bis in die Tiefe ehrlich, geheimnislos in ihrer Unentzifferbarkeit, klassisch schön, eine Perlenkette, ein wenig konservativ schon, ein französisches Mädchen aus der Provinz, gebildet, mit der edlen Eleganz großer Herzen; sie hat feine Frische, prickelndes Aroma, mein Kopf kann nicht zurückkommen, ich fühle nur, dass meine Augen im Blau des Himmels sind und dass sie unentwegt lächeln. Weiter unten glitzert die Loire.

Was ist mit dir, Alexandre?, höre ich ihre erstaunte Stimme, die doch alles zu ahnen scheint.

Mein Herz denkt an lange, heiße Sommer der Provinz, an Hitze, die vor kühlen Wäldern kniet, an friedliche, trockene Winter, ans flirrende Frühjahr, den farbenfrohen Herbst; und überall da ist sie, Dominique, mit reifen Duftnoten von schwarzer Johannisbeere, komplexen Anklängen an Minze und Zedernholz; Wasser umspült sie türkisfarben, Feuer lodert, Luft umströmt seidig hörbar ihr Sein, sie wurzelt in zuverlässiger Erde. Es gibt ein Gleichgewicht, das ich nicht beschreiben kann und so versuche ich es zu verinnerlichen. Finesse, rassige Würze begleiten diesen Trunk unablässig, Citrus- und Birnenaromen fallen mir ein, es gibt da nichts Wuchtiges, außer einer herben Süße. In meiner Nase sind Anklänge von Kirschen und Mandeln. Ihre Augen haben ein sanftgrünes Nachspiel.

Dominiques zarte Hand streift meine Hand. Mein Kopf kehrt langsam zurück. Ich sehe, wie sie einen Teller hinstellt. Und so wie ich zurückkomme aus dem Blau, keimt Dominique auf zu dem fertigen, unzerstörbaren Bild, das ich kenne. Und da, ganz plötzlich, weiß ich, wie ich diese seltsame Farbe nennen muss, die eine einzige ist, obwohl tausende bunte Partikel explodieren, sich niedersetzen und überall namenlos blitzen und man glaubt, nie wieder eine Einheit daraus schaffen zu können.

Es ist die *Farbe der Dauer*.

Mit dem Roman bin ich ein Stück weiter gekommen. Er wird so lange fortdauern wie unser Leben. Dominique kennt den ersten Satz auswendig, lächelt ihn regelrecht an, wenn sie ihn zitiert:

Als ich sie das erste Mal sah wusste ich, dass mein Haus kein Dach mehr hatte.

Und dieses Bild im Garten, lichtbetrunken, im Hintergrund die CD mit Jean-Philippe Rameaus Suiten aus *Le Temple de la gloire* und André Campras Suite *L'Europe galante*, dieses Bild mit Dominique und mir und dem schlafenden Pascal auf der Decke friert für immer ein.

Dominique, sage ich leise, mein Haus hat kein Dach mehr, und es wird auch nie eins haben.

Meins auch nicht, Alexandre, sagt sie, deshalb kann es auch nicht hineinregnen.

30.

Ich muss mich entscheiden. Es ist das vierte lange Jahr in La Chapelle-Saint-Mesmin und April. Über der Loire sind tiefhängende Wolkenballungen in Bewegung. Gelegentlich blitzt etwas Sonne hindurch. Sonntagmorgen. Ich liege und kann einfach nicht aufstehen. Am 14. Juli wird es wieder dieses viertelstündige Feuerwerk geben. Lärm und Licht und dennoch Stillstand.

Vor fast genau einem Jahr habe ich meinen ersten Roman publiziert. Und das bei Gallimard. Die Resonanz war gut. Es löste in mir ein regelrechtes Fieber aus. Jetzt liege ich wie paralysiert, Träume schieben sich in die Realität und umgekehrt. Das Buch wurde ganz anders als geplant. Gute Bücher, sagte mein Lektor, machen sich mit ihrem Personal meistens selbstständig. Ich habe oft nachts geschrieben. Aber immer begleiteten mich Dominiques Kirchenfensteraugen als Ermutigung, dieses unvergleichliche Licht.

Und jetzt, bin ich wach oder träume ich?, fragen mich meine schreibende Hand, der flimmernde Luxembourg-Park, all diese Frauennamen von früher immer wieder, was ich hier tue, wo ich angekommen bin, ob das letztlich mein Ziel ist, oder ob ich nur einen Lebenswendehammer berührt habe.

Madame Bourgin, Veronique, Joséphine, Madeleine, Christiane, Chantal, Séverine, Marielle, Joanna, Germaine, Charlotte, Marie-France, Madame Grouille, die Frauen meiner Lieblingsbücher, es sind eine ganze Reihe ... sie alle vermischen sich mit unverzichtbaren Parisgerüchen und -lichtern zu letztlich einer einzigen, einer lebendigen Person, von der ich mit den verschiedensten Stimmen viele Fragen höre. Der Park liegt wie eine mit dem Rücken am Boden ruhende, liebkosende Hand, die Finger sanft geöffnet für alle, die ihn bewohnen möchten. Flaubert ist hier, George Sand, Balzacs Maske, Chopin, Beethoven, Baudelaire, Verlaine und viele andere, die ihn nie mehr verlassen möchten.

Du musst Dich entscheiden, sagt Dominique, die mir ein Tablett mit Tee, Konfitüre und Croissants bringt.

Sie kann gar nicht wissen, dass ich glaube, ich müsste mich entscheiden, doch sie weiß es. Sie steht wie eine Erscheinung im Türspalt, ein ganzer Kontinent. Wie kann es sein, dass sie mir nichts vorwirft, dass sie mir weiterhin folgt und ihr Lächeln nicht aufgibt? Vermutlich habe ich sie nicht verdient.

Später wirst Du unserem Sohn alles erklären, sagt sie noch und berührt das schmerzlichste Thema.
Dann verlässt sie das Zimmer.

ANMERKUNGEN

Johnny Hallyday: geb. 1943 als Jean-Philippe Smet in Paris, † 5. Dezember 2017 in Marnes-la-Coquette, war ein französischer Sänger, Songwriter und Schauspieler.

Salle Pleyel: Pariser Konzertsaal von 1927, 2000 Plätze. Benannt nach dem aus Österreich stammenden Komponisten Ignaz Joseph Pleyel (1757-1831), Schüler von Josef Haydn. Pleyel kam über Straßburg und London nach Paris. Dort gründete er die Klavierfabrikation Pleyel. Die Produktion wurde 2013 nach 200 Jahren eingestellt. Pleyel-Klaviere hatten Weltruf und galten in Frankreich zuletzt als die *Ferraris unter den Klavieren*.

Le Pointe de Grave: Markiert die nördlichste Spitze der Halbinsel Médoc. Gegenüber, jenseits der breiten Gironde-Mündung, Überfahrt mit der Fähre 45 Minuten, liegt das Seebad Royan.

A une passante (An eine Vorübergehende): Gedicht aus dem Gedichtband *Les Fleurs du Mal* (Die Blumen des Bösen), von Charles Baudelaire (1821-1867), der zwischen 1857 bis 1868 in drei Fassungen, mit unterschiedlicher Anordnung und unterschiedlichem Umfang, herausgegeben wurde.

An eine Vorübergehende

Die lärmende Straße heulte um mich her,
groß, schlank, in tiefer Trauer, majestätischem Schmerz,
ging eine Frau vorüber, prunkvoll hob und schwang
ihre Hand den gewellten Saum.

Leichtfüßig und edel, das Bein einer Statue;
ich trank, gespannt wie ein Verzückter,

aus ihrem Auge, – aschfahler Himmel, wo ein Orkan keimte –,
die Süße, die betört und die Lust, die tötet.

Ein Blitz … dann die Nacht! Flüchtige Schönheit,
deren Anblick mich plötzlich neu gebar.
Werde ich dich erst in Ewigkeiten wiedersehen?

Anderswo, sehr weit von hier! zu spät! niemals vielleicht!
Denn ich weiß nicht wohin du flüchtest, du weißt nicht wohin
ich gehe,
du, die ich geliebt hätte, du, die es wusste!

Übersetzung aus dem Französischen: Jan Turovski

Marion Cotillard: geb. 1975 in Paris, ist eine französische
Schauspielerin. Bekannt vor allem durch ihre Darstellung der
Édith Piaf in Olivier Dahans Spielfilm *La vie en rose* (2007).
Hier stellte sie sowohl die junge Piaf (18), als auch die kurz vor
ihrem Tod schwer kranke Künstlerin (47) dar. Dafür erhielt sie
einen Oscar. Höchst beeindruckend ist sie auch in dem Film *Die
Frau im Mond* (2017).

JAN TUROVSKI

Geboren in Bielefeld, lebt derzeit in Bonn.
Romane, Kurzgeschichten, Lyrik, Theaterstücke.
Studienjahre in Cambridge, London und Paris.
Amerika-Aufenthalte.
*Cambridge University Certificate of Proficiency in
English. Cambridge Diploma in English Language.
Sorbonne Diplôme de langue et civilisation françaises.
Student trainee der Fa. Selfridges Ltd. London.*
3 x *Granta-Preis* für die Short Stories *Purgatory,
The Witness* und *Blue Glass.*
'*Prix Littéraire Européen Arthur Rimbaud 2000*' für die
unveröffentlichten Manuskripte *Sophie fatale ...*
(Roman) und *Die blaue Provinz* (Gedichte).
Mitarbeit an *die horen, The London Magazine,* Lyrik-
Anthologien, sowie an Rowohlts Don-Juan-Anthologie,
'*Geschichten zwischen Liebe und Tod*'.
Beiträge in Zeitungen, Zeitschriften, Rezensionen usw.
Buch-Publikationen:
1988: *Die Sonntage des Herrn Kopanski,* Roman,
Benziger Verlag/Zürich.
1995: *Der Rücken des Vaters,* Roman, Avlos Verlag.
1997: *Vor(w)orte der Liebe*, Gedichte, Avlos Verlag.
2002: *Sweet Home,* Kurzgeschichten, bei Ango Boy.
2012: *Berni, Bastian und Therese*, Novelle, Bouvier
Verlag.
Sowie 11 Romane bei Andiamo.

Jan Turovski, 24-jährig, in seinem Pariser Studentenzimmer, 185, Rue Saint-Jacques.

Weitere Bücher von Jan Turovski bei Andiamo:

Kopanski kehrt zurück, Roman, 2018, kartoniert,
192 Seiten, 13.90 € – ISBN 978-3-746080-74-1

Die Sonntage des Herrn Kopanski, Roman,
2. Auflage 2018, kartoniert, 260 Seiten, 13.90 € –
ISBN 978-3-746043-07-4

Der Fall Odile Féret, Roman, 2017, kartoniert,
204 Seiten, 13.90 € – ISBN 978-3-936625-85-1

Polnische Dörfer, Roman, 2016, kartoniert,
220 Seiten, 13.90 € – ISBN 978-3-936625-80-6

Millingers Bart, Roman, 2016, kartoniert,
236 Seiten, 13.90 € – ISBN 978-3-936625-79-0

Almuts Affären, Roman, 2015, kartoniert,
200 Seiten, 13.90 € – ISBN 978-3-936625-78-3

Der lange Arm, Roman, 2015, kartoniert,
196 Seiten, 13.90 € – ISBN 978-3-936625-57-8

Das sprichwörtliche Leben, Roman, 2014, kartoniert,
184 Seiten, 13.90 € – 2. Auflage 2015;
ISBN 978-3-936625-77-6

Sophie fatale ..., Roman, 2014, kartoniert,
200 Seiten, 13.90 € – 2. Auflage 2015;
ISBN 978-3-936625-75-2

Der Rücken des Vaters, Roman, 2013, kartoniert,
156 Seiten, 12 € – 3. Auflage 2015;
ISBN 978-3-936625-76-9

Empfehlungen:

Darina Schneider: *Sehsucht. Gedichte,* 48 Seiten, Hardcover mit
Schutzumschlag, ISBN 978-3-936625-84-4, 14,80 €

Rumjana Zacharieva: *Am Grund der Zeit. Gedichte,* 116 Seiten,
kartoniert, ISBN 978-3-936625-20-2, 12,90 €

Werkauswahl Klaus Servene bei *Andiamo:*

Band 1: *Wilder Honig – Lyrik, Essays, Szenen,* 262 Seiten, kartoniert, ISBN 978-3-936625-68-4, 14.80 €

Band 2: *Und über uns – die Brücke der Erwartung; Erzählungen,* 192 Seiten, kartoniert, ISBN 978-3-936625-70-7 , 12.90 €

Band 3: *Fell & Seife* – Zwei Romane, 212 Seiten, kartoniert,
ISBN 978-3-936625-17-2, 13,90 €

Band 4: *Hitzkopf,* Roman, 204 Seiten, kartoniert, ISBN 978-3-936625-12-7, 14.80 €

Aus der Enge. Gedichte und Textamente, 84 Seiten, Hardcover,
Schutzumschlag, ISBN 978-3-936625-67-7, 14.80 €